L'ENQUÊTE DE NESBITT

D1425743

Catalogage avant publication de Bibliothèque et Archives nationales
du Québec et Bibliothèque et Archives Canada

Gaulin, Jacinthe

    L'Enquête de Nesbitt
    Nouv. éd.
    (Collection Atout ; 53. Policier)
    Pour les jeunes de 12 ans et plus.

    ISBN 978-2-89647-134-8

I. Titre. II. Collection : Atout ; 53. III. Collection : Atout. Policier.

PS8563.A844E56 2008   jC843'.54   C2008-941038-6
PS9563.A844E56 2008

Les Éditions Hurtubise HMH bénéficient du soutien financier des
institutions suivantes pour leurs activités d'édition :

- Conseil des Arts du Canada ;
- Gouvernement du Canada par l'entremise du Programme
  d'aide au développement de l'industrie de l'édition (PADIÉ) ;
- Société de développement des entreprises culturelles au
  Québec (SODEC).

Maquette de couverture : fig. communication graphique
Illustration de la couverture : Stéphane Jorisch

© Copyright 2001, 2008
Éditions Hurtubise HMH ltée
Téléphone : (514) 523-1523 • Télécopieur : (514) 523-9969
www.hurtubisehmh.com

Dépôt légal/2e trimestre 2008
Bibliothèque et Archives nationales du Québec
Bibliothèque et Archives du Canada

Distribution en France
Librairie du Québec/DNM
www.librairieduquebec.fr

DANGER
PHOTOCOPILLAGE
TUE LE LIVRE

La Loi sur le droit d'auteur interdit la reproduction des œuvres sans autorisation des titulaires de droits. Or, la photocopie non autorisée — le « photocopillage » — s'est généralisée, provoquant une baisse des achats de livres, au point que la possibilité même pour les auteurs de créer des œuvres nouvelles et de les faire éditer par des professionnels est menacée. Nous rappelons donc que toute reproduction, partielle ou totale, par quelque procédé que ce soit, du présent ouvrage est interdite sans l'autorisation écrite de l'Éditeur.

Imprimé au Canada

JACINTHE GAULIN

L'ENQUÊTE DE NESBITT

Jacinthe Gaulin est née dans un petit village des Cantons de l'Est. Elle a pris goût à la lecture très jeune. Pendant l'année scolaire, elle lisait à l'école, mais son cauchemar commençait l'été : il n'y avait pas de bibliothèque publique dans son village !

C'est peut-être pour cette raison qu'elle travaille aujourd'hui dans une bibliothèque.

Jacinthe aime aussi dessiner ; elle a d'ailleurs étudié en arts visuels.

L'auteure s'est inspirée de son expérience personnelle pour raconter les joies et les difficultés d'une jeune fille qui a un frère trisomique, dans le roman *Mon p'tit frère*, finaliste du Prix du gouverneur général en 1996.

L'Enquête de Nesbitt, qui met à nouveau en scène un personnage trisomique, est son troisième roman pour les jeunes.

1

L'ACCIDENT

Vendredi, 11 septembre

J'ai un sixième sens pour détecter les ennuis, une espèce de signal d'alarme qui m'avertit lorsqu'un problème s'annonce à l'horizon, mais j'en reconnais les signes toujours trop tard. Et c'est exactement ce qui s'est passé le jour de l'accident.

Je me sentais bizarre en sortant du lit ce matin-là, comme si un mille-pattes s'était amusé à ramper dans mon estomac. Cela m'a rappelé le jour où, deux mois plus tôt, mon labrador Oxo s'était fait renverser par un camion. Juste avant l'impact, une sensation semblable s'était déclenchée dans mon ventre, puis quelques minutes plus tard, un hurlement de pneus crissant sur la chaussée avait retenti devant chez moi. Par chance,

Oxo s'en est sorti, mais il va boiter jusqu'à la fin de ses jours.

Non, cette sensation n'était pas nouvelle, et malgré ma récente expérience, je l'ai ignorée, sans chercher plus loin que le bout de mon nez. J'ai même cru que ma sœur Maryse m'avait transmis son trac.

Ma sœur fait partie d'un orchestre de jazz composé de professeurs qui enseignent avec elle. Ce soir-là, après s'être exercé pendant des mois, le groupe donnait sa première représentation. « Je suis vraiment très contente », disait-elle en marchant de long en large, pour aussitôt se lamenter en se tordant les mains : « Ça m'énerve, mais ça m'énerve ! »

Dans la salle de spectacle, j'ai attendu le concert en gigotant comme si j'avais été assis sur un nid de guêpes. Ma voisine de droite m'a lancé : « Veux-tu bien te calmer, toi ! » Pour toute réponse, j'ai grogné. Un grognement de bête sauvage. J'ai eu la paix.

Au bout du compte, le spectacle a marché comme sur des roulettes et il était près de vingt-trois heures quand nous avons pris le chemin du retour.

— J'ai l'estomac creux ! a lancé Maryse en freinant devant une pizzeria de son quartier. Pas toi ?

Comme si elle ne savait pas que j'ai toujours faim. La tête me tournait à l'idée du fromage fondant et du savoureux saucisson épicé.

Peu après, une pizza géante sur la banquette arrière, nous sommes repartis en direction de son appartement où j'habitais pendant que mes parents étaient en voyage.

Ils avaient quitté Québec six jours auparavant et ne devaient revenir qu'au bout de trois semaines, me laissant tout le mois de septembre aux bons soins de ma sœur. Ma demi-sœur, devrais-je plutôt dire : Maryse et moi avons le même père, mais non la même mère.

Après le divorce de ses parents, Maryse a vécu avec son père, car sa mère devait s'absenter de longues périodes pour son travail. Quelques années plus tard, son père a rencontré celle qui allait devenir ma mère. Maryse avait quinze ans quand je suis né. Même si elle avait juré qu'elle ne servirait pas de gardienne au petit nouveau, elle s'est beaucoup occupée de moi. Cette situation a sûrement fait que, aujourd'hui, douze ans plus tard, nous sommes si proches l'un de l'autre.

Mieux encore, quand Maryse a quitté la maison familiale, elle a loué un appartement dans un immeuble de deux étages, à une quinzaine de rues de chez mes parents. Pour l'école, c'est pratique : de chez moi ou de chez elle, je peux m'y rendre à pied.

Sa propriétaire, Mme Dumoulin, une veuve septuagénaire, occupe tout le rez-de-chaussée, avec Fred, son garçon handicapé, et l'étage supérieur est divisé en deux logements : du côté gauche, l'appartement de ma sœur et, de l'autre, celui d'Aline Simard, une infirmière retraitée.

Le quartier est tranquille, sans surprises. Sauf que ce soir-là, une ambulance et une voiture de police étaient garées devant la maison. Des voisins observaient la scène depuis leurs balcons. Le temps que Maryse se range le long du trottoir, les ambulanciers avaient refermé les portières de leur véhicule et démarraient dans un hurlement de sirène à faire dresser les cheveux sur la tête.

Le souvenir de « l'avertissement » du matin m'est revenu à l'esprit : mon mille-pattes se matérialisait.

Le cœur étreint par un frisson d'angoisse, j'ai franchi en vitesse l'espace qui me séparait de la maison, ouvrant la porte d'une vigoureuse poussée de l'épaule.

L'obscurité la plus totale régnait dans le hall d'entrée. À tâtons, j'ai mis la main sur l'interrupteur pour allumer la lampe du rez-de-chaussée. Sans résultat. Le plafonnier du deuxième ne fonctionnait pas plus. Seul un mince filet de lumière filtrant de la porte entrebâillée d'Aline Simard dispensait un éclairage timide au sommet de l'escalier.

La porte du premier s'est alors ouverte et Mme Dumoulin est apparue, un escabeau à la main, une boîte d'ampoules électriques sous le bras. Visiblement soulagée de nous voir, elle s'est exclamée :

— Ah, vous voilà enfin !

— Vous allez bien ? a demandé Maryse en se précipitant vers elle.

— Qu'est-il arrivé à Fred ? ai-je coupé, sans lui laisser le temps de répondre.

— Fred va bien, mon garçon. Mais Mme Simard, par exemple... Oh la la !

Elle a fait une chute terrible dans l'escalier. Si vous l'aviez vue : un bras fracturé, une entaille profonde au front, et tous ces bleus ! Pauvre femme ! Elle était encore inconsciente quand les ambulanciers l'ont amenée à l'hôpital Saint-François. Deux policiers examinent présentement son appartement, a-t-elle ajouté en levant la tête vers le deuxième étage.

Nous sommes restés un moment sans rien dire, les yeux tournés vers la porte de Mme Simard.

Ainsi, c'était elle, la blessée ! Dire que cela ne m'était même pas venu à l'esprit.

— Mon garçon, viens m'aider, veux-tu ? m'a demandé Mme Dumoulin en ouvrant son escabeau.

Grimpé sur la dernière marche, l'ampoule de rechange à la main, j'ai demandé :

— Comment est-elle tombée ? C'est un accident ?

— Que veux-tu que ce soit d'autre ? Ah ! Merci, mon garçon ! C'est réconfortant, cette lumière, pas vrai ? Et descends de là au plus vite, avant qu'un autre malheur nous tombe dessus. Imaginez donc !

Quand je suis arrivée, l'entrée était plongée dans le noir. C'est probablement pour cette raison que Mme Simard a déboulé. Et quelle malheureuse coïncidence : les deux ampoules qui brûlent le même soir ! Elles fonctionnaient pourtant bien lorsque je suis sortie, avec Fred. Vous savez que le vendredi soir, on soupe chez Armande ?

Comment l'oublier ? Tout le quartier est au courant que, tous les vendredis soirs, depuis des années, Mme Dumoulin va souper chez sa belle-sœur, Armande, avec Fred. Départ à dix-sept heures, retour à vingt-deux heures trente. Toujours le même horaire, à peu de minutes près. Mme Dumoulin dit qu'elle supporte cette routine parce que Fred aime sa tante tout autant que son sempiternel poulet rôti du vendredi soir.

— Donc, il faisait noir comme dans un four, a-t-elle repris. J'avançais à pas prudents. Fred a refusé d'entrer ; il est resté sur le perron. Il sentait que quelque chose n'allait pas, j'en suis sûre. Soudain, j'ai trébuché contre quelque chose de mou. C'était Mme Simard, étendue là, sans connaissance, au pied de l'escalier.

Mon cœur a fait trois tours. J'ai échappé un cri et Fred a crié à son tour. Mon pauvre petit !

Mme Dumoulin s'est arrêtée pour reprendre son souffle, la main droite pressée sur le cœur.

— De peine et de misère, j'ai réussi à mettre ma clé dans la serrure : je tremblais comme une feuille. Et j'ai composé le 911. Les ambulanciers et deux policiers sont arrivés cinq minutes plus tard. Pendant que les ambulanciers s'occupaient de Mme Simard, j'en ai profité pour mettre Fred au lit et… Oh ! Les voilà !

En nous apercevant, le plus grand des deux policiers s'est immédiatement engagé dans l'escalier pendant que son collègue refermait à clé la porte de l'appartement.

— Monsieur l'agent, voici mon autre locataire, a dit Mme Dumoulin en désignant Maryse.

Curieusement, il dévisageait ma sœur comme s'il s'agissait d'une apparition.

— Maryse ? C'est bien toi ? Tu ne me reconnais pas ?

— Nooon !!! Charles ! Charles Paradis ! Ne me dis pas que tu es devenu policier ?

Toi, policier ? s'est-elle exclamée à son tour comme s'il venait de lui annoncer qu'il avait la gale.

Mais loin de s'en offusquer, le principal intéressé a répondu en riant :

— Hé oui ! J'ai découvert que j'avais plus d'affinités avec ce métier qu'avec le saxophone. Mais dis donc, Maryse, je suis vraiment content de te revoir !

Difficile de douter de sa sincérité avec le sourire béat qu'il affichait. D'un raclement de gorge, son coéquipier l'a ramené à la réalité.

— Euh… Maryse, je te présente l'agent Blais. Mais lui, a-t-il lancé en me désignant d'un mouvement de tête, qui est-ce ?

— Mon frère, Nesbitt. Il habite chez moi pour quelques semaines.

— Nesbitt ? a-t-il répété en ricanant bêtement.

« Oui ! Oui ! Nesbitt ! Comme la boisson gazeuse à l'orange ! » ai-je eu envie de crier. Mais j'ai résisté. S'il fallait que je fasse le compte de tous ceux qui réagissent comme lui ! Je ne vais pas, à chaque fois, expliquer le pourquoi et le comment de mon prénom.

En fait, je m'appelle Vincent. Mais, à ma naissance, ma mère, dont l'humour est parfois discutable — particulièrement à cette occasion-là —, m'a affublé d'un deuxième prénom : celui de Nesbitt. «Pétillant comme sa chevelure!» se serait-elle exclamée, cela pour la simple raison que, juste au-dessus de mon oreille droite, quelques poils d'un orangé très vif tranchaient avec le reste de mes cheveux châtains. Finalement, ce prénom m'est resté, même si la mèche rousse s'est estompée peu à peu pour se fondre dans la couleur du reste.

Dans l'espoir de faire diversion, j'ai lancé :

— L'accident de la voisine, c'est un «vrai» accident, n'est-ce pas? Pas autre chose?

Pendant un court instant, Charles Paradis m'a observé avec intérêt, puis il a esquissé un sourire.

— À première vue, oui! Un accident tout ce qu'il y a de plus banal. Mme Simard a trébuché sur son paillasson, ce qui a entraîné sa chute. Rien de suspect là-dedans. Pas de désordre louche, pas de trace d'effraction ni de vol : son sac à main était dans sa chambre, apparemment intact, et son ordinateur était ouvert. On l'a fermé avant de repartir.

J'ai réprimé un sursaut en apprenant que la voisine possédait un ordinateur, moi qui la croyais du genre à prendre les nouvelles technologies comme une offense personnelle, comme ces gens qui radotent : « Dans mon temps, c'était bien mieux ! »

— Donc, elle ne se préparait pas à sortir, ai-je dit sans réfléchir. Dans ce cas, que faisait-elle sur son palier ?

— Ça, elle seule pourrait nous le dire, m'a répondu l'agent Blais, avec un intérêt comparable à celui qu'il aurait manifesté pour chasser une mouche.

Se tournant vers Mme Dumoulin, il a ajouté :

— Il faudrait prévenir sa famille.

— Elle n'a qu'un frère. En Gaspésie, je crois. Je peux l'appeler si vous pensez que c'est mieux, mais ils ne se fréquentent pas. Mme Simard est ma locataire depuis six ans et elle n'a jamais reçu de visite, à part une amie de Montréal. Et pas plus d'une fois par année.

— Une femme très seule, donc, en a déduit l'agent Blais.

— Au contraire, elle est très active. C'est une infirmière à la retraite qui fait beaucoup de bénévolat. Je ne peux pas vous en apprendre plus, elle parle peu de sa vie privée, bien qu'elle s'intéresse beaucoup à celle des autres.

Charles, qui ne savait rien de la réputation d'Aline Simard, a ignoré cette dernière remarque.

— Espérons que, demain, elle aura récupéré assez de forces pour nous expliquer elle-même les circonstances de sa chute. Mais d'après moi, il s'agit d'un simple accident.

Les policiers sont partis peu après. Auparavant, le « beau Charles » a pris soin d'inviter Maryse — elle seulement, a-t-il cru bon de préciser — pour un souper d'ici quelques jours. Nous avons ensuite pris congé de Mme Dumoulin.

— Je suis exténuée ! s'est exclamée ma sœur en se laissant tomber sur son divan. Et je meurs de faim. La pizza… On a oublié la pizza dans la voiture ! Oh, Nesbitt…

Elle n'a pas eu à répéter une deuxième fois. Porté par un appétit vorace, j'ai récupéré l'odorante pizza en moins de deux. Affamés, nous en avons mangé plus de la moitié en silence, et nous nous sommes remis à discuter de l'accident.

— Plus j'y pense, moins je comprends comment Aline Simard a fait son compte pour débouler l'escalier.

— Qu'est-ce que tu veux dire, Nesbitt ?

— Je ne peux pas croire qu'il faisait si noir quand elle a ouvert sa porte d'entrée. La lumière de son salon devait éclairer une bonne partie du palier.

— Tiens donc ! s'est moquée ma sœur. Mon petit Sherlock Holmes se fait aller les neurones ?

— Tu peux toujours ricaner ! Mais tu vas rire jaune quand Mme Simard va annoncer que quelqu'un l'a poussée dans l'escalier, ai-je lancé par bravade, sans y croire un seul instant. « Ton » Charles devrait réfléchir plutôt que de faire le joli cœur !

— Jaloux ! s'est exclamée Maryse en pouffant de rire. Allez, finis de manger qu'on aille se coucher !

Plongé dans la fraîcheur réconfortante de mon lit, j'ai eu une dernière pensée pour Aline Simard avant de sombrer dans un sommeil de plomb. Si je m'étais douté que son accident ne représentait que la pointe de ma prémonition du matin !...

2

L'ÉNIGMATIQUE Mme SIMARD

Samedi, 12 septembre

Le lendemain matin, j'ai été réveillé par la sonnerie du téléphone. J'ai entendu Maryse sortir de son lit en grognant pour se précipiter vers l'appareil. Il n'était que neuf heures, mais je me suis levé à mon tour, l'estomac tiraillé par une faim dévorante.

Lorsque je suis passé à côté d'elle, Maryse m'a signifié que Mme Dumoulin était à l'autre bout du fil. Cela risquait d'être long ! J'ai préparé le café et mis plusieurs croissants au four, ce qui allait faire regimber ma sœur à coup sûr. Mais pour une fois que je pouvais décider du menu ! J'en avais plus qu'assez de ses horribles pains « santé » aux grains qui restent pris entre les dents et dont le goût est tellement prononcé que même le beurre d'arachide en perd sa saveur.

De fait, en entrant dans la cuisine, Maryse s'est écriée :

— Pas des croissants ! Avec la pizza d'hier soir, je vais engraisser !

— Oublie ça, Maryse ! Dis-moi plutôt ce que voulait Mme Dumoulin.

— Eh bien, c'est au sujet d'Aline Simard...

— Elle est morte ?

— Mais non, grand bêta ! Mme Dumoulin a un problème. Elle vient de téléphoner à l'hôpital ; une infirmière lui a demandé d'envoyer quelques effets personnels et...

— Où est le problème, alors ?

— Mais enfin, Nesbitt, vas-tu me laisser finir ? C'est exaspérant, cette manie que tu as de me couper la parole à tout bout de champ !

Maryse peut parfois être aussi pénible que mes parents. Et c'est peu dire ! Vexé, j'ai attendu la suite, déterminé à ne plus dire un seul mot.

— Mme Dumoulin est souffrante. Ses pieds sont si enflés qu'elle ne peut même pas mettre ses souliers. Alors, pour grimper l'escalier… C'est pourquoi elle m'a demandé de préparer une valise pour la voisine. J'ai donc besoin de la clé de Mme Simard, mon cher frérot, a-t-elle ajouté en saisissant le dernier croissant. J'avale une bouchée pendant que tu descends la chercher, d'accord ?

Mme Dumoulin était allongée sur son divan, les jambes soutenues par deux gros oreillers. Dans le fauteuil adjacent, Fred tricotait un de ses innombrables foulards, son chat Bandit roulé en boule à côté de lui.

Fred, de son vrai nom Frédéric, le plus jeune des quatre enfants de la propriétaire, est trisomique. À trente ans, il a encore autant besoin de sa mère qu'un jeune enfant. Physiquement, il est à peu près de ma grandeur, mais plus enveloppé. Des cheveux bruns très raides, de jolis yeux bleus en amande, un sourire charmeur et un petit nez surmonté de lunettes à montures dorées complètent son portrait. Il m'arrive parfois de le garder. Nous faisons des casse-tête, nous écoutons des films d'aventure, ou encore, nous nous promenons dans le quartier. Fred a un caractère agréable en général. Mais ce jour-là, lorsque sa mère a refusé qu'il monte chez Mme Simard avec ma sœur et moi, il s'est mis à protester en tapant du pied.

— Je veux y aller, bon! Je veux y aller!

Sa mère a tenté de le raisonner, mais sans succès. Ce n'est que lorsque je lui ai proposé de venir avec moi porter la valise à l'hôpital qu'il a lâché prise. Mme Dumoulin m'a serré affectueusement la main, en me remettant la liste des effets à préparer pour la malade, et elle m'a désigné le buffet à côté de la porte d'entrée en ajoutant :

— Prends la clé de Mme Simard dans le tiroir de droite, celle avec l'anneau rouge.

C'était la première fois que je mettais les pieds chez Mme Simard. À vrai dire, elle n'est pas très portée sur le voisinage. D'ailleurs, j'aime autant ça : sa curiosité frise l'indiscrétion. Et je suis poli. Dans le quartier, on la surnomme « la fouine ».

Lorsque nous avons ouvert sa porte d'entrée, une odeur acide de renfermé, mélange d'antimite et de poussière accumulée, nous a pris à la gorge.

— Seigneur! Il faudrait passer l'aspirateur! s'est exclamée ma sœur à la vue des moutons qui longeaient les murs du corridor.

L'appartement était une copie conforme du sien : en avant, l'entrée qui donne dans le salon, les deux chambres au milieu, le tout relié par un long corridor qui aboutit, au fond, à une minuscule salle de bain jouxtant la cuisine.

— On ne traînera pas longtemps ici, a affirmé Maryse, secouée par une crise d'éternuements en entrant dans la chambre principale. Nesbitt, trouve-moi un sac de voyage. Le temps presse !

Dans la penderie du corridor, j'ai découvert un ensemble complet de valises rigides. Grises, évidemment. Il faut dire que, chez Aline Simard, tout est désespérément gris, de ses cheveux courts à la presque totalité de sa garde-robe. Un gilet bleu ciel ou rose pâle enfilé sur un de ses inévitables ensembles gris constitue sa seule fantaisie vestimentaire. Du plus loin que je me souvienne, j'ai toujours associé son image à celle d'une souris grise. Comme le rongeur, elle a de petits yeux noirs, très vifs. Et son nez !

Pointu, frémissant, toujours irrité, le bout rose ou rouge, les narines humides en permanence. « Les allergies », explique-t-elle en se tamponnant le nez d'un mouchoir qu'elle range ensuite dans la manche de son gilet. Chose certaine, je comprenais la source de ses allergies, maintenant que je voyais son intérieur.

J'ai remis la plus petite des valises à Maryse et je me suis dirigé vers la cuisine qui baignait dans l'obscurité. Les stores étaient tous fermés, à l'exception de celui de la grande fenêtre du fond, celle qui donne sur l'arrière de la maison. Il était baissé à mi-hauteur. Un voilage léger couvrait la vitre du bas, juste assez pour permettre à la lumière du jour de passer. Tourné vers cette fenêtre, il y avait un énorme fauteuil à rayures grises, avec à sa droite une table basse encombrée de journaux, de crayons, de jumelles — pour observer les oiseaux, ai-je pensé —, d'une boîte de biscuits en fer-blanc, d'une bonbonnière de caramels ainsi que d'une amusante souris de porcelaine déguisée en infirmière. Le plus drôle, c'est que la souris ressemblait à Mme Simard.

— Nesbitt, a crié ma sœur dans une rafale d'éternuements retentissants, regarde si tu ne vois pas des pantoufles quelque part.

Après un saut infructueux dans la salle de bain, je suis entré dans l'autre chambre. Ce que j'y ai découvert m'a laissé pantois : des étagères surchargées de boîtes, de livres et de revues couvraient deux des murs au complet et, sur le mur opposé à la fenêtre, un ordinateur trônait sur un bureau. Et pas n'importe quoi ! Un modèle dernier cri. J'avais beau savoir qu'elle possédait un ordinateur, je ne m'attendais pas à un équipement aussi sophistiqué.

— Nesbitt, je les ai trouvées ! Viens-t-en, qu'on sorte d'ici !

J'ai obtempéré avec regret.

Je suis aussitôt redescendu chez la propriétaire. J'ai remis la clé dans le tiroir du buffet et, avec Fred, j'ai pris la route de l'hôpital en utilisant les raccourcis habituels : traverser la cour d'en arrière, contourner la haie de chèvrefeuille qui borne le terrain du côté gauche, puis, franchir la cour du dépanneur en diagonale jusqu'à la rue suivante.

— Salut, les gars ! a lancé une voix que je connaissais bien, comme nous mettions les pieds sur le trottoir. Où allez-vous comme ça ?

Gabrielle, une copine d'école et amie de quartier, balayait les marches devant le dépanneur de ses parents.

— Dis donc, Fred, tu t'es mis sur ton trente et un ! a-t-elle lancé en venant à notre rencontre.

Fred souriait d'une oreille à l'autre, trop heureux que Gabrielle s'occupe de lui. Il a un petit penchant pour elle, je crois.

— Je te verrai plus tard, ai-je répondu en tirant Fred par la manche. Pour le moment, on a une course urgente à faire.

— Dans ce cas, viens faire un tour en fin d'après-midi, vers quinze heures trente.

J'ai acquiescé avant de repartir avec Fred qui se retournait aux deux secondes pour saluer Gabrielle.

Celle-ci m'a déjà avoué qu'elle ne comprenait pas mon amitié pour Fred : « Ce n'est pas que je ne l'aime pas, mais il est trop lent. Et puis, on ne peut pas "vraiment" parler avec lui. » J'ai saisi ce qu'elle voulait dire. Mais, est-ce si important que ce soit pareil avec tout le monde ? Fred est différent. Et c'est justement cette différence qui le rend unique. En fait, je n'arrive pas à l'imaginer autrement. Fred, c'est Fred ! Un point, c'est tout !

Dans le hall de l'hôpital, un agent nous a indiqué le chemin à suivre. Trois étages, plusieurs détours et des kilomètres plus loin, nous sommes arrivés à la chambre de Mme Simard. Une infirmière en sortait justement. Elle a pris la valise en murmurant :

— Désolée, mes garçons ! Les visites sont interdites, aujourd'hui. La malade n'est pas en état de voir qui que ce soit. Demain, peut-être.

— Je veux la voir ! s'est exclamé Fred, soudainement très agité.

À force de patience, l'infirmière et moi sommes arrivés à l'en dissuader, mais il a boudé sans répit jusqu'à la maison. J'avoue que je ne le comprends pas toujours.

L'appartement de Maryse était désert. Un mot m'attendait sur la table de la cuisine : *Serai de retour pour souper. J'ai une répétition. Sois sage, frérot !*

P.-S. J'ai fait l'épicerie.

De toute évidence, j'allais dîner seul encore une fois.

Le sandwich trois étages, jambon, double fromage, salami et tomates, que j'ai fait passer avec un demi-litre de lait, a contribué à me réconforter. Je fourrageais dans le garde-manger à la recherche d'un sac de biscuits quand un bruit insolite, dans l'appartement d'Aline Simard, m'a fait tressaillir. Un bruit de verre brisé. Des cambrioleurs ! me suis-je dit, le souffle court. Puis j'ai pensé que c'était Mme Dumoulin qui était allée chercher quelque chose chez la voisine, pour aussitôt me rappeler l'état de ses jambes le matin même. Alors, qui restait-il, à part des cambrioleurs ?

Attentif à ne pas faire craquer les lattes du plancher, j'ai avancé sur le bout des pieds jusqu'à la porte d'entrée où je me suis collé l'œil au judas. Sur le palier, pas l'ombre d'un chat, sauf que la porte d'en face était entrebâillée. J'ai défait le verrou, traversé le palier, les mains moites, le cœur battant de plus en plus vite.

Silencieux comme une ombre. Mais à l'instant où mes doigts effleuraient la poignée de la porte, mes pieds « s'emmêlaient » traîtreusement dans le paillasson en crin, me précipitant à quatre pattes dans l'entrée de la voisine. Zut ! Pour ce qui était de la discrétion, je pouvais repasser !

Furieux, mais plus effrayé encore, j'ai rebondi sur mes pieds, prêt à prendre mes jambes à mon cou. C'est à ce moment-là que je l'ai aperçu. Au fond du corridor, sa tête ronde penchée vers moi, le corps entièrement dissimulé derrière le mur de la cuisine, il me dévisageait, les yeux ronds comme des billes. De surprise ou de peur, je n'aurais pu dire.

— Fred ?

3

LA BOÎTE DE BISCUITS

Fred était stupéfait. Plus que moi encore, si c'est possible.

— Fred, comment es-tu entré ?

— J'ai pris la clé dans le tiroir, c'est tout ! a-t-il répondu, d'un ton effrayé.

Quand je me suis approché, il a reculé d'un pas, s'appuyant le dos au mur, les mains derrière lui, comme s'il cachait quelque chose.

— Fred, montre-moi ce que tu as dans les mains.

— C'est à moi ! a-t-il répliqué vivement, l'air buté, se collant encore plus contre le mur. Mme Simard me l'a promis !

Bon sang, mais de quoi parlait-il ?

Surtout, ne le brusque pas ! me suis-je rappelé. N'oublie pas que lorsque Fred s'obstine, seule une grue peut le faire bouger. J'ai insisté doucement, une autre fois. Alors, avec lenteur, il a ramené devant lui une boîte de biscuits en fer-blanc, que j'ai reconnue sur-le-champ.

— Tu es sûr qu'elle est à toi, cette boîte ? Parce que ce matin, ai-je dit en me tournant vers la table basse près de la fenêtre, elle était... Ça alors, qu'est-ce qui s'est passé ici ?

Renversée sur le prélart, la petite table gisait au milieu des caramels et des éclats de porcelaine de la souris-infirmière.

— Je n'ai pas fait exprès, a-t-il gémi, l'air piteux.

Armé de patience, je lui ai posé question après question, attentif à ses explications laborieuses jusqu'à ce que je saisisse que, la veille, il était venu porter à Mme Simard une lettre glissée par erreur dans le courrier de sa mère. Pour le remercier, la voisine lui avait offert un caramel et c'est alors qu'il avait remarqué la boîte de biscuits à côté des bonbons. Une boîte merveilleuse à ses yeux, car elle est illustrée de dizaines de chats multicolores. Et Fred collectionne compulsivement tout ce qui représente les félins domestiques. Devant son enthousiasme,

Mme Simard avait promis de la lui donner quand elle serait vide.

Le souvenir de sa mauvaise humeur du matin ainsi que la scène à l'hôpital me sont tout à coup revenus à l'esprit. L'explication tenait en peu de mots : Fred avait eu peur que Mme Simard oublie de lui donner la boîte de biscuits à cause de son accident. Tout simplement.

— Si je comprends bien, Fred, la boîte est vide ? en ai-je conclu.

— Je crois que oui, a-t-il dit en soulevant le couvercle. Tiens, regarde ! Oh… c'est quoi ça ?

Les yeux ronds, il a fixé un moment l'intérieur de la boîte d'un air incrédule, puis il me l'a tendue. Au fond, il y avait une disquette. Une seule, d'un bleu électrique.

Drôle d'endroit pour ranger une disquette, me suis-je dit, en me demandant pour quelle raison Mme Simard l'avait mise là et non dans son bureau.

Absorbé dans mes réflexions, j'ai tressailli quand la voix forte de Mme Dumoulin a retenti dans la cage de l'escalier.

— Fred ! Fre-ed, es-tu là-haut ? Nesbitt !

J'ai fait signe à Fred de faire le mort et je me suis empressé d'aller rejoindre sa mère sans faire de bruit. Pas question qu'elle sache où nous étions ! Heureusement, de là où elle se tenait, il lui était impossible de voir le palier du deuxième. J'ai descendu les premières marches avant de répondre :

— Fred est avec moi, Mme Dumoulin.

— Je m'en doutais bien ! Pas étonnant d'ailleurs, je suis tellement ennuyante aujourd'hui. Mais j'ai besoin de son aide pour faire à manger.

Avant qu'il redescende, j'ai conseillé à Fred de dissimuler la boîte à sa mère, car elle n'apprécierait pas l'initiative de son fils. J'ai pensé à lui emprunter la clé en promettant de la lui rapporter dès que j'aurais nettoyé la cuisine, je l'ai poussé vers la sortie… et je me suis dirigé vers le bureau de Mme Simard. Après ma visite écourtée du matin, je pouvais enfin examiner les lieux en toute liberté, et j'étais curieux de voir le contenu de la disquette bleue.

Je ne suis pas un as de l'informatique, mais avec les cours de l'école et les heures passées à l'ordinateur de ma sœur, je me débrouille assez bien. J'ai ouvert l'appareil. De multiples icônes sont apparues sur un fond de ciel bleu parsemé de nuages floconneux. À deux exceptions près — un traitement de texte et Internet —, les icônes représentaient toutes des jeux : échecs, labyrinthes, courses ou intrigues. Par curiosité, j'ai pressé le bouton d'ouverture du lecteur de disque compact intégré : *Encyclopédie des crimes de tous les temps* était inscrit en caractères dorés sur le fond noir du disque qui reposait sur le plateau. Drôles de goûts pour une femme de cet âge.

Sans plus attendre, j'ai introduit la disquette dans le lecteur. Elle ne renfermait qu'un seul fichier nommé LETTRE dont le texte disait ceci :

Je l'ai VU ! Je sais TOUT !

Comme c'est facile de découvrir les petits secrets des voisins ! Même les secrets les mieux gardés.

J'avoue que, au début, j'ai pensé vous dénoncer, mais l'idée que l'erreur est humaine m'a convaincue de vous laisser une chance et de garder ce secret entre nous. Est-il nécessaire de préciser qu'une compensation serait

appréciée ? Surtout quand on pense à vos
bénéfices !

J'attends de vos nouvelles d'ici trois jours,
sinon j'avertis la police ! Sans blague !

Votre voisine qui ne veut que votre bien.

P.-S. J'espère que vous apprécierez la
disquette. Cela fait tellement plus moderne…
et amusant !

Le nom de l'expéditrice, tout comme
celui du destinataire, n'apparaissait
nulle part. Au bas, en caractères gras,
une date : 8 septembre. Date qui correspondait à mardi dernier. Pas d'adresse.

Étrange message… Était-ce un jeu ?

Tandis que je le relisais une seconde
fois, l'idée farfelue d'une lettre de chantage m'a effleuré l'esprit, en même temps
qu'une angoisse que je n'aurais pu expliquer m'étreignait l'estomac. Cette lettre
me mettait mal à l'aise. Cependant, il
devait y avoir une explication logique.

J'ai ouvert le logiciel de traitement de
texte à la recherche du message original,
ou d'un autre semblable qui m'éclaire-
rait sur le pourquoi de la lettre. Mais il
n'en subsistait aucune trace.

Alors, j'ai pensé qu'elle devait conserver certains documents dans une disquette. De fait, dans un des tiroirs du bureau, une série de disquettes, toutes du même bleu électrique, s'alignaient par ordre alphabétique dans un petit classeur de plastique. Mais aucune ne correspondait à celle que j'avais entre les mains.

Ah, et puis zut! Cette piste ne menait nulle part! Où chercher alors? À la vue de ce qui m'entourait, il était clair que Mme Simard nourrissait une passion sans bornes pour le crime sous toutes ses formes. Les étagères croulaient sous les biographies de criminels, récits d'enquêtes policières et romans du même acabit. Dire que je la percevais comme une vieille fouine ennuyante!

Restait Internet.

Fébrilement, j'ai ouvert le courrier électronique. Mme Simard n'était abonnée que depuis le neuf août, comme me l'a appris la lecture d'une lettre — la seule et unique — qu'elle avait envoyée à une dénommée Cécile pour lui souhaiter «Bon voyage». Le lendemain, celle-ci avait répondu :

Bravo, Aline ! Tu t'es enfin décidée. Imagine ce qu'on va économiser en appels interurbains ! Dommage que je parte en voyage ce soir. Mais je te jure qu'on va se reprendre dès mon retour, le 19 septembre. Je te laisse, car j'ai encore quelques achats à faire avant de boucler mes valises.

P.-S. Sois prudente ! Ne fais rien qui pourrait te causer des ennuis.

Affectueusement, Cécile

Dans le salon, une horloge a sonné. Quinze heures trente ! Bon sang ! Et Gabrielle qui m'attendait !

Juste avant d'éteindre l'appareil, je me suis demandé ce que celle-ci penserait de la lettre de la disquette et aussi de celle de l'amie Cécile dont la mise en garde de la fin m'intriguait. J'ai ouvert l'imprimante pour me faire des copies, puis j'ai tout fermé en me promettant de remettre la clé de l'appartement à Fred dès mon retour.

Il faisait encore chaud en cette fin d'après-midi de septembre. Gabrielle et moi nous étions installés sur le patio, dans la cour derrière chez elle.

— Nesbitt, c'est une blague ou quoi ?

Perplexe, Gabrielle s'éventait énergiquement avec la lettre de chantage qu'elle venait de lire. Quant au message de Cécile, elle l'avait écarté d'un ton sans réplique.

— Le post-scriptum ne fait que dénoter l'amitié qui existe entre ces deux femmes. J'imagine que Cécile connaît le penchant de Mme Simard à mettre son nez dans les affaires des autres. Allez, jette ça !

En général, c'est ce que j'aime chez Gabrielle, cet air décidé balayant les doutes qui me compliquent tant la vie, moi qui peux passer des heures à peser le pour et le contre avant de faire un choix. Cette fois encore, j'étais prêt à abonder dans son sens, mais de là à me débarrasser de ma copie, pas question !

— Par contre, en ce qui concerne la première lettre, c'est tout à fait autre chose, ai-je affirmé en rangeant la réponse de Cécile dans la poche arrière de mon jean. Je crois qu'Aline Simard a découvert une escroquerie quelconque et que, plutôt que d'avertir la police, elle a décidé d'en tirer profit. Elle a dû envoyer une disquette semblable à un voisin.

— Mais non! Je t'assure qu'il s'agit d'un jeu. Surtout que, à la fin, c'est écrit : «Cela fait tellement plus moderne... et amusant!» Tu vois bien qu'elle joue. Et puis, les voisins, je les connais, moi! Ils sont honnêtes!

— Qu'est-ce que tu en sais? ai-je riposté. Les gens ont tous leurs petits secrets! Des secrets qu'ils ne veulent partager avec personne. Et Mme Simard a mis la main sur l'un d'eux. «... c'est facile de découvrir les petits secrets des voisins!», a-t-elle écrit, au début. Hé! Je me rappelle...

Les jumelles! Mais oui, les jumelles sur la petite table! Avec le fauteuil gris orienté vers la fenêtre. Dire que j'avais pensé que c'était pour observer les oiseaux. Pour observer les voisins plutôt! Enfin, je tenais une preuve, que Gabrielle s'est empressée de démolir.

— Une preuve de quoi? N'importe qui peut en faire autant; tu sais comme moi qu'elle est super fouineuse. Par contre, si ce que tu dis est vrai, l'utilisation d'une disquette au lieu d'une lettre conventionnelle est bizarre. Il fallait qu'elle soit au courant que «l'autre» avait un ordinateur. Sinon, impossible de lire la lettre. Qu'en penses-tu?

— Est-ce que je sais, moi? Ce n'est qu'un détail. Peut-être l'a-t-elle vu par la fenêtre.

— Ouais… bon, admettons. Reste le secret. En quoi peut-il être si terrible?

J'aurais donné cher pour le savoir, moi aussi.

— Je me demande chez qui Aline Simard peut voir depuis sa fenêtre de cuisine, a repris Gabrielle d'un ton songeur. Il faudrait pouvoir aller dans son appartement. Et c'est impossible.

— C'est ce que tu crois! me suis-je exclamé en brandissant la clé que j'avais encore sur moi.

Accroupie devant la fenêtre de la cuisine, armée des puissantes jumelles d'Aline Simard, Gabrielle me décrivait les locataires de l'immeuble en brique rouge de trois étages situé directement derrière la maison de Mme Dumoulin.

Elle les connaissait tous un peu. En tout cas, mieux que moi. D'abord, c'est son quartier. Ensuite, grâce au dépanneur où elle donne régulièrement un coup de main, elle finit toujours par rencontrer les nouveaux venus.

— Ils ont tous emménagé le premier juillet, sauf le propriétaire, qui est arrivé au début de mai. Il s'appelle Patrice Labrie. Handicapé, en fauteuil roulant. Il vit seul. Je ne l'ai jamais vu. C'est Aline Simard qui nous en a parlé au magasin.

— Aline Simard ?

— Nesbitt, Mme Simard connaît tout le monde. Sa réputation de fouineuse n'est pas surfaite, crois-moi ! Si tu savais le nombre de fois où je l'ai entendue dévoiler des choses confidentielles sur certaines personnes. Atchoum ! ! ! C'est drôlement poussiéreux ici !

— Confidentielles ? Comme quoi ?

— Euh… comme la fois où la fille du garagiste a fugué à New York. Ou encore, quand M. Bolduc a été obligé de vendre sa maison pour éviter la faillite. Ce que je veux dire, c'est qu'elle attire les confidences, et que, ensuite, elle ne se gêne pas pour les répéter à qui veut bien l'entendre. Un vrai journal à potins.

Ces propos me donnaient à réfléchir : d'inoffensive curieuse, Aline Simard

41

était en train de se hisser au rang de redoutable colporteuse.

— Nesbitt, m'écoutes-tu ? Je te disais que, au deuxième étage, c'est un couple à la retraite. Noëlla Roy et son mari. Lui, il ne sort pas. Il est trop malade. Mais elle, elle est plutôt gentille. Elle insiste pour qu'on l'appelle par son prénom. Au-dessus d'eux, au troisième étage, Nicolas et Annie Bédard, frère et sœur. Étudiants au cégep d'à côté. Ils achètent du chocolat et des *chips* à la tonne. C'est tout ce que j'en sais. Bon, on a fait le tour, je pense. Je ne vois personne d'autre. Regarde par toi-même, a-t-elle ajouté en me tendant les jumelles.

Effectivement, la « victime » ne pouvait être qu'un de ceux-là : sur la droite, un trio d'érables centenaires au feuillage épais obstruait complètement la vue, et du côté gauche, la seule maison claire-ment visible était celle des Painchaud, la famille de Gabrielle. Le commerce occupait le premier étage ; la famille, le deuxième et les grands-parents Pain-chaud, le dernier. Un rangement dissi-mulait les fenêtres de derrière, et les fenêtres de salle de bain, sur le côté du bâtiment, étaient trop étroites pour qu'on distingue quoi que ce soit à l'intérieur.

— Donc, nous avons Patrice Labrie, les Roy et les Bédard, ai-je dit pour résumer la situation.

— Oui, mais attention, Nesbitt! a répondu Gabrielle en se relevant. Rien ne prouve que cette histoire est vraie, même si le message d'Aline Simard est mystérieux. Heureusement que ma mère m'emmène au cinéma ce soir! Le film va me changer les idées. Il est tard maintenant, il faut que j'y aille.

— Moi aussi. Maryse doit m'attendre.

Comme je verrouillais la porte, une pensée horrible m'a frappé comme un coup de massue dans l'estomac.

— L'accident… ai-je murmuré. Et si l'accident d'hier soir n'en était pas un? Si on avait poussé Mme Simard dans l'escalier à cause de sa lettre!

Ahurie, Gabrielle m'a dévisagé, le visage aussi blanc que le mur derrière elle. D'une petite voix aiguë, elle a riposté :

— Arrête, tu me fais peur!

Au même moment, la porte du hall d'entrée s'est ouverte sur ma sœur. Elle était avec son amie Charlotte, enseignante elle aussi. Complètement absorbées par leur conversation, elles ne nous ont aperçus qu'une fois en haut de l'escalier.

— J'ai invité Charlotte à souper, m'a annoncé Maryse.

— Aaah… ai-je bredouillé, anéanti à la perspective des heures à venir : histoires d'élèves, bons et mauvais, problèmes de celui-ci, bon mot de celle-là, et j'en passe.

J'ai soupiré ; c'était plus fort que moi. Cela n'a pas échappé à Gabrielle.

— Nesbitt, viens manger chez nous, a-t-elle proposé. Après, on ira au cinéma. Veux-tu ?

Tout comme moi, ma sœur a apprécié la suggestion, car elle a répliqué :

— Quelle idée géniale ! Ne rentre pas trop tard !

4

SANS L'OMBRE D'UN DOUTE

Ce soir-là, l'énigmatique Aline Simard m'est totalement sortie de la tête, du moins jusqu'à ce que je revienne chez ma sœur. Son amie Charlotte était partie et elle écoutait un film à la télé.

— Nesbitt, devine qui vient de téléphoner ? m'a-t-elle dit comme je refermais la porte.

Au timbre de sa voix, j'ai flairé une affaire d'amoureux. Il ne pouvait s'agir de mes parents : ils avaient appelé la veille et ne devaient rappeler qu'au milieu de la semaine suivante.

— Tu te rappelles le policier d'hier soir, Charles Paradis ? Eh bien, il vient de m'appeler pour confirmer son invitation à souper vendredi prochain. Qu'en penses-tu ?

Comme si j'avais eu voix au chapitre, surtout que je n'étais pas invité. Imperturbable, j'ai attendu la suite.

— Peut-être serais-tu plus intéressé si je te disais qu'il m'a donné des nouvelles de la voisine ?

Évidemment, c'était plus passionnant que ses histoires de souper romantique. Je me suis laissé tomber dans le fauteuil en face d'elle, l'oreille ouverte aux confidences.

Charles lui avait raconté qu'il s'était rendu à l'hôpital pour interroger Mme Simard en fin d'après-midi. Pour son enquête, il devait s'assurer que sa chute était accidentelle, ce que la blessée s'était empressée de certifier. Croyant avoir entendu frapper à la porte, elle avait ouvert. Les ampoules du corridor étaient brûlées et il faisait très noir dans l'entrée. Elle avait avancé d'un pas. Malheureusement, elle ne s'était pas méfiée de son tapis. Le reste, on le savait.

Je ne l'aurais avoué à personne, mais cette nouvelle m'a déçu, moi qui avais réussi à me convaincre qu'il s'agissait d'un acte criminel. Il était facile d'imaginer une silhouette embusquée dans le coin le plus sombre du palier du deuxième, Mme Simard ouvrant sa porte, la silhouette jaillissant de l'ombre. Mme Simard avait un mouvement de recul en reconnaissant la victime de sa lettre de chantage, qui lui disait : « Regarde ce que je fais des maîtres chanteurs ! » avant de la pousser dans l'escalier. Horrible ! Trop horrible pour être vrai ! D'ailleurs, je savais par expérience que le tapis de la voisine constituait à lui seul un danger public.

Au moins, je n'aurais pas à me demander si je devais parler de la disquette à la police. Parce que s'il s'était agi d'un crime, je n'aurais pas eu le choix. Mais maintenant, le message ne signifiait plus rien.

Alors, pourquoi n'ai-je pas laissé tomber à ce moment-là ? Pourquoi me suis-je obstiné à poursuivre une enquête que plus rien ne justifiait ? Eh bien, parce que, dans mon for intérieur, je restais convaincu que Mme Simard avait bel et bien découvert un secret inavouable chez quelqu'un de son entourage. Avait-elle, oui ou non, envoyé la lettre de chantage ? Mystère et boule de gomme.

Mais j'étais déterminé à venir à bout de cette énigme.

Dimanche, 13 septembre

— Debout, fainéant ! Je t'emmène déjeuner !

Le réveil ne marquait que huit heures trente. Pire encore, huit heures trente un dimanche matin. Et Maryse qui insistait pour que je me lève ! J'aurais voulu dormir au moins jusqu'à midi.

J'avais passé une partie de la nuit précédente à me creuser les méninges, cherchant une tactique pour démarrer mon enquête, c'est-à-dire un prétexte pour approcher les voisins d'en arrière. Finalement, le sommeil m'était tombé dessus sans crier gare, m'entraînant dans une série de rêves de bandits et de poursuites sans issues d'où la voix indésirable de ma sœur m'avait tiré. De sorte que, à midi, plutôt que de paresser dans mon lit, je rangeais ma bicyclette derrière la maison de Mme Dumoulin, après un copieux déjeuner au restaurant et une virée jusqu'aux chutes Montmorency.

Dans la balançoire, au fond de la cour, Fred feuilletait des journaux illustrés.

C'était très calme, comme le sont souvent les dimanches. Pas très loin, quelqu'un grattait les accords d'une chanson populaire à la guitare. Fred fredonnait la mélodie en sourdine.

— Patrice joue de la belle musique, a dit Fred, comme je m'assoyais près de lui.

— Qui ?

— Patrice ! a-t-il répondu en faisant un signe de tête en direction de chez le voisin.

— Tu le connais ?

Il avait fait sa connaissance quelques jours plus tôt, m'a-t-il appris, en allant récupérer son ballon qui avait volé par-dessus la clôture qui sépare les deux terrains.

Je l'écoutais avec la plus grande attention, car cet incident me laissait entrevoir la solution à l'un de mes problèmes.

— Fred, on joue au ballon ? ai-je dit en courant chercher ce dernier dans le hangar.

Quelques lancers plus tard, le ballon disparaissait « accidentellement » chez le voisin. Il ne restait qu'à le récupérer. Mais comment ?

Une clôture de bois de près de deux mètres de haut bornait tout le côté droit ainsi que l'arrière du terrain de Patrice Labrie, sans la plus petite ouverture. Seule alternative : sonner à la porte d'en avant ou chercher un passage à travers la haie de cèdres qui se hissait comme un mur entre chez lui et le potager des Painchaud. En fait, je me cassais la tête pour rien, car Fred connaissait la solution. Il a contourné la clôture, traversé le potager et, sans la moindre hésitation, s'est faufilé entre les cèdres.

— Hou, hou ! C'est moi ! a-t-il lancé en faisant un signe de la main à l'homme qui était sur le perron.

Sans attendre de réponse, il est allé récupérer son ballon jaune près de la clôture du fond. De toute évidence, j'allais devoir me présenter moi-même.

— Excusez-nous ! ai-je dit en me dirigeant vers l'homme. Je m'appelle Nesbitt. Ma sœur est votre voisine d'en arrière.

Du doigt, j'ai montré l'appartement de Maryse, espérant une réponse quelconque. Mais il n'a pas réagi. Il me scrutait d'un regard pénétrant, le visage impassible, le dos droit comme un « i » dans son fauteuil roulant, sa main gauche encerclant le manche d'une guitare appuyée sur ses genoux.

Son apparence m'a étonné ; rien dans son physique ne laissait deviner son handicap. Je l'avais imaginé difforme, plus âgé que les trente ans qu'il paraissait. Il devait être assez grand. Ses cheveux courts et noirs commençaient à s'éclaircir sur les tempes. D'épais sourcils de la même couleur se rejoignaient presque au-dessus d'un nez aquilin, dans un visage aux traits harmonieux. Par contre, ses yeux gris pâle me mettaient mal à l'aise, et son silence m'énervait, ce qui provoque inévitablement l'effet contraire chez moi. Je me suis mis à parler comme une pie : l'école, ma sœur, mes parents en vacances, mes amis. Tout quoi !

À mon grand soulagement, il a enfin esquissé un sourire.

— Tu t'appelles vraiment Nesbitt ?

Une réaction ! Et même, une réaction normale !

Sur ces entrefaites, Fred, que j'avais oublié tant j'étais nerveux, s'est avancé à petits pas vers Patrice, la main tendue pour saisir la guitare.

— J'aimerais jouer, a-t-il dit.

Aïe! Aïe! Comment Patrice allait-il se sortir de cette épineuse situation, lui qui ignorait tout du caractère obstiné de Fred? Parce que, j'en étais sûr, Fred croyait que, en ayant la guitare dans les mains, il serait capable d'en jouer comme un professionnel. Je le savais pour avoir expérimenté une situation semblable l'hiver dernier. Maryse et moi l'avions emmené patiner sur la rivière Saint-Charles. Il filerait sur la glace comme les joueurs de hockey, disait-il, persuadé de nous offrir une performance digne de ses idoles. Mais une suite de chutes humiliantes avaient mis fin à ses rêves de hockeyeur. Nous étions tous sortis épuisés de cette aventure.

À ma grande surprise, Patrice s'en est tiré haut la main en détournant son attention.

— Regarde, Fred! Sardine veut te dire bonjour, a-t-il dit en montrant le gros chat tigré qui venait de sauter sur l'appui de la fenêtre de la cuisine.

Au même moment, le téléphone a sonné. Patrice a sorti un appareil sans fil d'une pochette de son fauteuil. Je me suis éloigné — la discrétion est toujours appréciée —, même si pas un mot ne m'échappait. Il était question d'un travail urgent, de délai à respecter et d'ordinateur. Tiens donc, Patrice Labrie avait un ordinateur ! Enfin, un lien concret avec Aline Simard !

Je me sentais fébrile, prêt à pousser mon enquête, en douceur naturellement, sans éveiller ses soupçons.

Quand il a fermé son téléphone, j'étais décidé.

— Excusez-moi, les gars ! a-t-il lancé, coupant court à mon investigation. J'ai du travail.

Zut ! ! !

Fred a embrassé le chat à travers la moustiquaire avant d'adresser son plus beau sourire à Patrice, qui le lui a rendu. Incontestablement, le courant passait entre ces deux-là, ce qui m'a laissé songeur. Le voisin n'avait pas été des plus chaleureux avec moi. Plutôt soupçonneux, je dirais, avec cette façon qu'il avait de me dévisager sans parler. Il se méfiait. Pourquoi ? Intéressante question à approfondir avec Gabrielle.

Patrice est rentré et j'ai raccompagné Fred chez lui. Sa mère nous attendait sur le perron.

— Nesbitt, mon garçon, je croyais que tu m'avais remis la clé de Mme Simard hier. Je n'arrive pas à mettre la main dessus !

— La clé ? Euh… Oui… Je l'ai remise dans le tiroir quand je suis revenu de l'hôpital.

C'était vrai. Mais je ne pouvais pas lui avouer que j'avais oublié de la remettre à Fred après notre rencontre surprise de la veille chez Mme Simard. J'en sentais les contours rigides à travers le tissu de mon jean.

J'allais devoir faire preuve d'astuce.

L'air de rien, j'ai fait le tour du salon, déplaçant un journal, soulevant un coussin ici et là. Après un laps de temps qui m'a semblé raisonnable, j'ai brandi triomphalement la clé avec l'anneau rouge. Pendant ce temps-là, Fred prenait une collation, indifférent à cette histoire de clé.

J'ai salué la mère et le fils, et j'ai filé chez Gabrielle.

C'était tranquille au dépanneur. Mme Painchaud, la grand-mère de Gabrielle, passait un chiffon sur le comptoir pendant que sa petite-fille rangeait des conserves sur les tablettes.

— Tu tombes bien, Nesbitt! Je mérite une pause, n'est-ce pas, grand-maman?

J'ai acheté un sac de *chips* au vinaigre avec une boisson gazeuse et j'ai habilement orienté la conversation sur Patrice Labrie. Un commerce comme ce dépanneur est une vraie mine de renseignements : qu'il achète du lait ou des billets de loterie, le client échange toujours quelques nouvelles sur la santé, la famille ou... les voisins.

— Le pauvre homme! s'est exclamée Mme Painchaud quand j'ai mentionné le nom de Patrice. Si jeune! Bien sûr, je ne le connais pas personnellement. D'ailleurs, je ne sais plus qui m'en a parlé... Mme Simard, probablement. Parlant d'elle, tu connais Mme Roy, la locataire de M. Labrie? Eh bien, ce matin, elle est allée la voir à l'hôpital. Il paraît qu'elle en a pour plusieurs semaines au lit. On va prendre du retard dans les potins, a-t-elle ajouté d'un air malicieux.

— Justement, est-ce que Mme Simard vous a déjà raconté comment Patrice Labrie s'est retrouvé en fauteuil roulant ?

J'ai vu Gabrielle sourciller. Elle a replongé la main dans mon sac de *chips*, comme si cette activité la captivait au plus haut point, mais je la sentais aux aguets.

— Ah, ça oui ! Elle racontait à qui voulait l'entendre qu'il a perdu l'usage de ses jambes dans un accident d'automobile. Elle savait aussi qu'il doit toucher des indemnités importantes sous peu. Ce n'est pas la discrétion qui l'étouffe, celle-là ! Et soit dit entre nous, je n'en voudrais pas comme amie. Trop fouineuse.

À ces mots, Gabrielle a vivement relevé la tête et s'est exclamée, propulsant une pluie de miettes grasses et humides sur la surface propre du comptoir :

— Grand-maman, pourquoi dis-tu ça ?

— Gabrielle, fais attention ! a répliqué sa grand-mère en saisissant son chiffon. Mme Simard se mêle trop souvent de ce qui ne la regarde pas. Un jour, elle va s'attirer des ennuis, crois-en mon expérience !

Qui sait si ce n'était pas déjà fait…

Plusieurs clients sont entrés au même moment. Je n'avais pas eu l'occasion de lui parler de ma rencontre avec Patrice Labrie, aussi ai-je promis à Gabrielle que je repasserais dans la soirée.

Ce soir-là, Maryse avait essayé une nouvelle recette. Ma sœur cuisine bien, mais pas souvent. Quand elle s'y met, c'est long et compliqué. Au point qu'il était presque vingt heures quand j'ai enfin pu retourner chez Gabrielle.

— Retour à vingt heures trente, a lancé ma sœur comme je passais le seuil. Tu as de l'école demain.

Comme si je ne le savais pas !

J'ai couru jusque chez mon amie où je me suis empressé de lui relater — avec fierté, d'ailleurs — mon premier contact avec Patrice Labrie.

— Ça ne nous apprend rien, Nesbitt ! Beaucoup de gens possèdent un ordinateur.

J'ai senti la moutarde me monter au nez. Après tous mes efforts, c'est ce qu'elle trouvait de mieux à me dire ?

Comme si ce n'était pas assez, elle a renchéri :

— Que Patrice Labrie soit méfiant avec toi, qui sait... il est peut-être comme ça avec tout le monde.

Pourquoi cette fille devait-elle toujours avoir le dernier mot ?

En fulminant, je suis retourné chez ma sœur avec cinq minutes de retard. Il faisait très sombre dans les arrière-cours. À la hauteur de chez Patrice, un élan de curiosité m'a saisi et je me suis accroupi à travers les cèdres, écartant quelques branches pour mieux voir sa maison. Une lumière tamisée brillait entre les lattes des stores fermés de la cuisine. Soudain, la porte s'est ouverte, quelqu'un est sorti et l'a refermée derrière lui. Je me suis étiré le cou. Et ce que j'ai vu m'a sidéré : Patrice Labrie marchait !

Il marchait sans boiter. Sans la moindre hésitation.

Il s'est avancé d'un pas souple jusqu'au bord du perron, humant l'air frais de la soirée, l'air serein.

Je n'en croyais pas mes yeux. À moins que j'aie mal vu ? Mais non ! Malgré l'obscurité, je le reconnaissais. Sans l'ombre d'un doute. Il fallait que Gabrielle voie ça.

Encore sous le choc, je me suis redressé tant bien que mal, terrorisé à l'idée que Patrice s'aperçoive de ma présence. Lentement, j'ai tourné le dos aux arbustes et j'ai piqué tête première dans la terre humide du jardin des Painchaud.

— Il y a quelqu'un? a demandé Patrice Labrie.

Sa voix m'a fait l'effet d'une décharge électrique. Prenant mes jambes à mon cou, j'ai couru me mettre à l'abri.

5

LE FLAIR DE NESBITT

J'étais dans un état épouvantable quand je suis revenu chez Maryse. Je frissonnais de la tête aux pieds, encore secoué par l'image de Patrice Labrie se déplaçant avec aisance sur ses deux jambes. M'avait-il vu? Non, impossible! Je m'étais sauvé si vite! Et il faisait un noir d'encre dans la cour.

Cette idée m'a réconforté le temps d'un éclair. Puis le doute m'a assailli de nouveau. Chose certaine, Patrice avait entendu du bruit. Ah, mes maudits grands pieds, aussi! Je ne comptais plus les fois où ils m'avaient mis dans l'embarras.

Au cours des derniers mois, mes pieds avaient poussé de façon démesurée, indépendamment du reste de mon corps. Je chaussais maintenant trois pointures plus grand qu'en janvier. Comment s'adapter du jour au lendemain à une métamorphose pareille ? « Tu t'accroches dans les lignes blanches de la rue ! » se moquait Maryse. Elle n'avait pas tort. En prime, je collectionnais les écorchures comme d'autres les timbres. Et je passe sous silence les accrocs à mes vêtements.

Donc, je ne me sentais pas d'attaque à affronter les sarcasmes de ma sœur, surtout que j'étais en retard.

J'ai grimpé les marches sur la pointe des pieds. De l'autre côté de la porte, la télé jouait à plein volume. J'ai inséré ma clé en douceur dans la serrure, tourné la poignée d'un coup sec et me suis précipité dans la salle de bain.

Évidemment, une seconde plus tard, Maryse frappait à la porte :

— Nesbitt, es-tu malade ?

— Non, tout va bien ! J'avais trop envie ! Je vais en profiter pour prendre ma douche.

— Prends tout de même le temps de venir me voir avant de te coucher, hein ?

Ouf ! Je l'avais échappé belle !

J'ai tourné à fond les robinets, laissant l'eau chaude me réconforter. Rien ne vaut une bonne douche pour se remettre les idées d'aplomb. Et en ce moment, j'en avais besoin plus que jamais. Mes tremblements ont cessé peu à peu, mais les questions ont continué à pleuvoir dans mon crâne comme une tempête de grêlons.

Si Patrice Labrie pouvait marcher, il n'était donc pas handicapé. Alors, dans quel but faisait-il semblant de l'être ? En tout cas, il trompait son monde avec brio. La grand-mère de Gabrielle en parlait en disant « le pauvre homme ». À part la pitié, quels avantages récoltait-il ? Je me suis juré de l'avoir à l'œil, le faux handicapé, et pas plus tard que tout de suite.

La serviette de bain autour de la taille, mes vêtements sales roulés sous le bras, je suis allé directement à la fenêtre de la cuisine. Qui sait si Patrice n'était pas encore dehors ?

— Nesbitt, que fais-tu là ? a fait la voix de Maryse dans mon dos.

C'en était trop. Trop d'émotions pour une seule soirée. J'ai hurlé comme un coyote un soir de pleine lune.

— Nesbitt, qu'est-ce qui te prend ?

Dans la panique, mon jean sale m'avait échappé, exposant les genoux tachés de boue à la vue de Maryse, telle la tartine de confiture qu'on échappe et qui s'écrase immanquablement du mauvais côté.

— Je comprends pourquoi tu étais si pressé de prendre ta douche! s'est-elle moquée. Allez, mets-le tout de suite dans la laveuse, sinon il va rester taché.

Elle a fait une remarque sur « l'état de mes nerfs » et l'urgence de me reposer. J'ai obtempéré sans résister. Je ne tenais plus debout.

Lundi, 14 septembre

En retournant chez nous le lendemain après-midi, après l'école, j'ai raconté à Gabrielle ma déconcertante découverte de la veille.

Loin d'être stupéfaite comme je l'avais imaginé, elle m'a répliqué comme si j'étais le dernier des imbéciles :

— Nesbitt, tu as du *jello** à la place du cerveau ou quoi ? La raison est évidente !

* Gelée de fruits cuits avec du sucre.

— Hé ! Tu y vas un peu fort ! Si tu es si fine, Gabrielle Painchaud, explique-moi donc pourquoi le voisin se promène en fauteuil roulant quand il est capable de marcher.

Gabrielle a soupiré en secouant la tête d'un air découragé.

— L'argent, Nesbitt ! Ça saute aux yeux que c'est une affaire d'argent. Hier, grand-maman a dit qu'il attendait des indemnités pour la perte de ses jambes. Tu te rappelles, j'espère ?

J'entrevoyais clairement la suite.

— Alors, après son accident, il a fait croire qu'il ne pouvait plus marcher, pour retirer l'argent. Voilà, tu sais tout !

Gabrielle semblait très satisfaite de ses déductions. Mais elles ne tenaient pas debout.

— Pense aux examens médicaux qu'il a subis, ai-je riposté. On ne peut pas berner les médecins aussi facilement.

Elle se mâchouillait l'intérieur des joues, cherchant une réplique qui démolirait mon observation précédente, ce qui n'a pas tardé.

— Et s'il n'avait recouvré l'usage de ses jambes que récemment ? On a déjà vu ça dans des films. Écoute, Nesbitt, Patrice veut toucher cet argent à tout prix. Pour cette raison, il doit continuer à jouer au handicapé.

Sa théorie ne m'enthousiasmait pas outre mesure. Quelque chose d'important nous échappait. Je le sentais.

— As-tu une meilleure explication ? a repris Gabrielle. Tiens, on est déjà arrivés chez nous ! Viens, on va continuer notre discussion sur le patio.

Elle est allée chercher des pommes et nous nous sommes assis derrière la maison. Je me sentais de plus en plus fébrile, comme si j'étais sur le point de découvrir une énigme. Soudain, j'ai levé la tête vers l'appartement de Mme Simard et l'illumination a jailli.

— J'ai trouvé ! Mme Simard a vu la même chose que moi !

Pourquoi n'y avais-je pas pensé plus tôt ? Aline Simard derrière son rideau, à l'abri des regards, armée de ses puissantes jumelles... Mes idées se bousculaient à une telle vitesse que, pendant un instant, j'ai craint que les rouages de mon cerveau ne s'enrayent.

Interloquée, Gabrielle me dévisageait. Après quelques secondes d'une intense réflexion, elle s'est frappé le front en s'exclamant à son tour :

— Nooon !... Aline Simard l'aurait vu elle aussi ?

Ébranlé par ma découverte, mais renforcé par la certitude d'avoir raison, j'ai repris :

— Imagine ceci : un beau jour, Mme Simard aperçoit Patrice Labrie du haut de son poste d'observation. Surprise ! Il marche ! Enfin une affaire juteuse à se mettre sous la dent, a-t-elle dû se dire.

Gabrielle a acquiescé en souriant.

— Avec un profit, non ?

— Exactement ! On sait qu'elle était au courant pour l'indemnisation. C'est elle qui l'a dit à ta grand-mère, pas vrai ?

— Oui, mais avant, il a bien fallu qu'elle l'apprenne par quelqu'un. Par qui ?

— Peu importe. L'idée du chantage a dû commencer à germer à cet instant-là : pourquoi ne profiterait-elle pas de cette manne inespérée, elle aussi ? Au diable les scrupules !

Maintenant aussi fébrile que moi, Gabrielle a enchaîné :

— Elle envoie une disquette à Patrice, exigeant une « compensation » en échange de son silence. Elle savait qu'il avait un ordinateur.

Elle savait... Comment l'avait-elle appris ? Par Patrice lui-même ? Je l'imaginais mal recevant Mme Simard chez lui, l'invitant à prendre le thé et à grignoter des biscuits en discutant de leurs ordinateurs respectifs.

— Je serais curieux de savoir comment Patrice a réagi en recevant la disquette, ai-je dit. A-t-il remis la « compensation » dans les délais ? Si ma mémoire est bonne, la lettre était datée du 8 septembre. En additionnant les trois jours de grâce, on tombe sur le vendredi 11 septembre comme date limite.

— Le soir de l'accident ! a murmuré Gabrielle dans un souffle.

On s'est dévisagés, muets de stupeur devant l'énormité que sous-entendaient ces propos.

— Ouf ! J'oublie que ce ne sont que des hypothèses ! a lancé Gabrielle d'un trait, un sourire hésitant sur les lèvres, en secouant la tête comme pour se réveiller.

Sans tenir compte de sa remarque, j'ai ajouté :

— Le soir du « supposé » accident, tu veux dire. Réalises-tu que si Patrice peut marcher, il peut aussi grimper les escaliers ?

— Nesbitt, tu vas trop loin ! a riposté Gabrielle, une lueur de panique dans les yeux. Pense aux risques !

Ce n'était pas pour l'effrayer, mais je devais aller au bout de mon idée.

— Quels risques ? La maison était vide ce soir-là. Tout le monde sait que Mme Dumoulin sort le vendredi soir. Chez ma sœur, il n'y avait pas de lumière. C'était facile !

Un long silence a suivi.

— Bon, admettons que Patrice Labrie cache quelque chose. Mais que son secret ait un lien avec Aline Simard, c'est trop farfelu ! Oublies-tu ce qu'elle a dit au policier ? Elle a eu un accident. Un ACCIDENT ! Elle n'a tout de même pas menti à ce sujet.

— À moins qu'elle n'ait eu peur…

D'un geste rageur, Gabrielle s'est plaqué les mains sur les oreilles en hurlant :

— Je refuse d'écouter un mot de plus. C'est ridicule ! Tu me fais peur et je n'aime pas ça !

Elle a lancé son cœur de pomme au loin et elle m'a tourné le dos pour rentrer chez elle.

6

LE MYSTÉRIEUX VOISIN

Vendredi, 18 septembre

Les jours suivants, malgré les heures passées à épier Patrice Labrie, je ne l'ai aperçu qu'une seule fois : il prenait l'air sur le perron, son gros chat tigré sur les genoux. Dans son fauteuil roulant.

Je brûlais d'impatience de reprendre mon enquête. Comme j'avais congé d'école ce vendredi-là et que ma sœur travaillait, j'avais le champ libre pour agir à ma guise. Seul. Sans Gabrielle.

— Nesbitt, as-tu du nouveau ? m'avait-elle demandé le lendemain de notre discussion, la tête plongée dans son sac à dos, à la recherche de je-ne-sais-trop-quoi, comme si le sujet lui importait peu.

Devant ma réponse négative, elle avait poussé un énorme soupir de soulagement.

On n'en avait plus reparlé de la semaine et pour le moment, je préférais me débrouiller sans elle.

En premier lieu, il était essentiel d'élucider le mystère de Patrice Labrie. Quel but poursuivait-il en jouant au handicapé ?

Deuxièmement, Mme Simard avait-elle menacé Patrice de dévoiler son secret ? Si oui, l'accident de vendredi dernier prenait une autre signification. Il était facile de penser que Patrice avait voulu la faire taire définitivement, autant comme témoin gênant que comme maître chanteur. Mais elle avait survécu ; elle pouvait toujours le dénoncer. J'ai eu un frisson d'angoisse en l'imaginant étendue sur son lit d'hôpital, morte de peur à l'idée que Patrice surgisse devant elle pour venir terminer ce qu'il avait commencé. Quelle horreur !

Parler à Mme Simard était impératif. Il fallait qu'elle me confirme que sa chute n'était pas un accident. Mais Aline Simard était loin d'être une amie et je devais inventer un subterfuge pour aller à l'hôpital sans éveiller les soupçons de quiconque.

Le prétexte le plus plausible m'est apparu pendant que je dînais : Fred. Fred était le passe-partout idéal. Il serait heureux de voir Mme Simard, et moi, j'aurais l'air d'un bon garçon serviable au grand cœur. Simple et efficace.

Stimulé par mon projet, j'ai ramassé mon coupe-vent et je suis descendu à la hâte chez Mme Dumoulin.

— Fred est chez Patrice, m'a appris celle-ci. Il s'entend à merveille avec lui.

J'ai approuvé d'un signe de tête, mais j'étais décontenancé. Que faire ? Attendre ? À moins que j'aille tâter le terrain du côté de Patrice. Non, j'aurais l'air de l'espionner…

— Nesbitt, m'écoutes-tu ? a dit Mme Dumoulin en me secouant le bras.

J'ai bafouillé quelques excuses.

— Je te disais que je viens juste de faire du sucre à la crème et je me demandais si tu n'irais pas leur en porter.

Parfois, les choses s'arrangent d'elles-mêmes.

Caché derrière la haie de cèdres, j'ai pris quelques instants pour observer Fred et Patrice à leur insu. Ils avaient l'air détendus, Patrice dans son fauteuil roulant, Fred dans un fauteuil de jardin, tous deux une tablette à dessin sur les genoux, en plein soleil. Au bout de sa laisse, Sardine somnolait à l'ombre d'un hortensia bleu.

J'hésitais à m'avancer, redoutant de faire face à Patrice. À vrai dire, j'étais mort de peur. Savait-il que je l'avais vu l'autre soir ? Si oui, comment réagirait-il en m'apercevant ?

C'était l'occasion ou jamais de le savoir. J'ai inspiré profondément et je suis sorti de ma cachette, les genoux en coton, le cœur battant à un rythme accéléré.

— Tiens, tiens ! s'est exclamé Patrice d'un air narquois. Le pétillant Nesbitt qui vient aux nouvelles.

L'affaire se présentait mal. Très mal.

D'une main tremblante, j'ai déposé l'assiette de sucre à la crème sur la table basse à côté de son fauteuil, cherchant une réplique pertinente qui me permettrait d'engager la conversation. C'était sans compter sur le hasard. Car au même instant, un élément imprévu, comme une bouée de sauvetage qu'on jette à quelqu'un qui se noie, est venu me tirer d'embarras.

— Hé, on dirait que la femme là-bas nous fait des signes, a dit Patrice, pointant son index en direction de la maison de Mme Dumoulin. La connais-tu ?

Au deuxième étage, ma sœur Maryse gesticulait pour attirer mon attention.

— J'arrive ! lui ai-je crié aussitôt, dépité à l'idée de mon après-midi fichu.

— Mais non, prends ton temps ! a-t-elle crié à son tour. Je voulais juste te dire que je suis de retour à la maison.

Et elle est rentrée.

— C'est ma sœur, ai-je dit à Patrice qui m'observait d'un drôle d'air.

— Ta… ta sœur ? Elle est beaucoup plus vieille que toi ! Si je comprends bien, ta sœur et toi, vous occupez l'appartement de droite ?

— Oui ! Je te l'ai dit l'autre jour !

— Je t'ai mal compris, je suppose ! Je pensais que… euh… que vous viviez temporairement avec Mme Simard, jusqu'à ce que vos parents reviennent de voyage.

Avec un petit rire gêné, il a ajouté :

— Je t'avoue que ça me soulage. Parce que, Aline Simard, c'est une moyenne belette, celle-là! Me croirais-tu si je te disais qu'elle regarde chez nous avec des jumelles? Moi, les fouineurs, je ne peux pas les blairer!

J'étais abasourdi. Bon sang! Quelle confusion! Toutefois, cette erreur m'avait permis de comprendre sa méfiance à mon égard.

— Et ce n'est pas le pire! Il y a une couple de semaines, elle a sonné à ma porte : une visite de bon voisinage, m'a-t-elle dit. Une seconde plus tard, elle était rendue dans mon bureau, examinant mon courrier, fouinant partout, s'exclamant sur mon matériel informatique. Une peste! Je ne bats pas des records de vitesse avec mon fauteuil, mais laisse-moi te dire que la visite n'a pas traîné en longueur.

Voilà qui expliquait comment Mme Simard avait appris l'existence de l'ordinateur et peut-être aussi celle de l'indemnisation.

— Je te jure qu'elle n'est pas près de remettre les pieds ici!

— Et comment! ai-je répliqué sans réfléchir. Après l'accident qu'elle vient d'avoir!

— Quel accident ?

Sa surprise semblait sincère.

À l'affût d'une réaction qui le trahirait, je lui ai rapporté la chute de la voisine. Mais il a continué à manifester la même stupéfaction.

Depuis mon arrivée, Fred nous avait écoutés sans broncher. Sage comme une image. Cependant, il n'en pouvait plus de résister au sucre à la crème de sa mère. Il faut dire que Fred peut parfois être très drôle, cabotin même. Alors, en se léchant les babines, il s'est avancé vers l'assiette de friandises, grognant comme un monstre prêt à se jeter sur sa proie. Tout comme moi, Patrice a bientôt hurlé de rire.

Pour la seconde fois, cette connivence entre eux m'a déconcerté. D'habitude, les gens mettaient plus de temps à accepter la déficience de Fred, à être naturels avec lui. D'autre part, Fred n'accordait pas sa confiance au premier venu. J'admets que, en dépit de ce que je savais sur Patrice, je ne pouvais m'empêcher de le trouver sympathique moi aussi.

L'ambiance décontractée du moment m'a donné l'audace nécessaire pour poser la question qui me brûlait les lèvres.

— Patrice, qu'est-ce qui t'est arrivé pour que tu te retrouves en fauteuil roulant ?

Il n'a pas réagi sur le coup. Sauf qu'il m'a dévisagé froidement pendant ce qui m'a paru une éternité. C'en était gênant. Enfin, à mon grand soulagement, son visage s'est détendu et il a soupiré.

— Je n'aime pas tellement en parler. Mais puisqu'on dirait qu'on va devenir des amis...

Par une nuit d'hiver, son auto avait dérapé sur une plaque de glace, emboutissant l'arrière d'un camion de déneigement. Il m'a raconté les semaines passées à l'hôpital, le choc quand il a appris qu'il ne marcherait plus jamais, la réadaptation. Toutes les étapes difficiles de son retour à la vie normale.

— Et la paperasse qui a suivi ! Si tu savais le nombre de formulaires que j'ai remplis ! J'attends toujours mes indemnités d'assurance, qui ne devraient pas tarder, paraît-il.

Je n'en croyais pas mes oreilles : les informations pleuvaient d'elles-mêmes !

J'allais renchérir quand il s'est exclamé en consultant sa montre :

—Il est tard, les gars! Vous allez devoir partir. J'ai un rendez-vous.

Zut! me suis-je dit, incapable de me résigner à abandonner quand tout allait si bien.

—C'est quoi ton travail, Patrice? ai-je demandé d'un air détaché.

—Je suis illustrateur, a-t-il répondu avec un plaisir évident. Je te montrerai mon portfolio un de ces jours. Oh, avant que tu partes, peux-tu me ramener Sardine? Tu vas être plus efficace que moi, a-t-il ajouté en désignant d'une grimace d'abord son fauteuil roulant, puis son chat allongé sur le gazon.

Dans l'attitude d'un sphinx égyptien, Sardine observait la voisine du deuxième qui étendait des vêtements sur sa corde à linge. Par curiosité, j'ai levé la tête, mais au même moment, une serviette humide s'est écrasée sur ma figure. Une voix de femme s'est aussitôt exclamée :

—Oh, excuse-moi, jeune homme!

Cet incident m'a fait réaliser que j'avais négligé les victimes potentielles de Mme Simard, autres que Patrice

Labrie. Situation que j'allais corriger sur-le-champ !

De taille moyenne et assez rondelette, Mme Roy, une femme d'une soixantaine d'années, m'a accueilli gentiment en haut de l'escalier en colimaçon.

— Tu ne serais pas le petit voisin d'en arrière, par hasard ? a-t-elle dit en tendant la main pour récupérer sa serviette.

Elle m'a posé des questions sur ma famille et sur l'école, tout en continuant d'étendre son linge, une série de caleçons d'hommes succédant à une bonne douzaine de débarbouillettes. Quand je l'ai appelée « madame », elle a fait mine de se fâcher.

— Appelle-moi Noëlla, cher ! « Madame », ça fait trop vieux !

Elle a ri, découvrant une rangée de fortes dents carrées dont la blancheur contrastait avec son rouge à lèvres d'un rose prononcé.

— Ne parlons pas trop fort, veux-tu ? Mon mari se repose.

La silhouette emmitouflée de son mari se découpait à travers le rideau ajouré de la fenêtre de la cuisine.

Elle m'a expliqué que plusieurs années d'une longue maladie chronique en avaient fait un invalide qui ne pouvait plus sortir de chez lui.

— Par chance, je suis infirmière, même si je suis à la retraite.

— Comme Mme Simard ?

— Cette pauvre Aline ! s'est-elle exclamée en secouant la tête de gauche à droite, ponctuant le tout de claquements de langue compatissants. Espérons qu'elle se remettra vite sur pied. Je vais la voir aussi souvent que je peux depuis son hospitalisation. Elle passe un mauvais moment.

Sans contredit, je perdais mon temps en enquêtant ici : Noëlla Roy et Mme Simard étaient de bonnes amies.

Je cherchais un prétexte pour prendre congé quand Fred est venu me rejoindre au deuxième. En garçon bien élevé, je l'ai présenté à Mme Roy.

— 'jour, a-t-il répondu sans le moindre enthousiasme. Tu viens, Nesbitt ?

De son côté, Mme Roy y est allée d'un faible « bonjour, mon garçon », un sourire contraint sur les lèvres.

Fred doit être fatigué, ai-je pensé. Mais en bas, il s'est montré d'humeur agréable. Il rayonnait de plaisir en me montrant le portrait au crayon que Patrice avait fait de lui.

— Ça me ressemble, hein ? demandait-il à tout bout de champ.

— Oui, sauf que tu es plus beau que ça !

J'avais beau blaguer, son attitude avec la voisine me tracassait encore.

— Dis-moi, Fred, tu n'aimes pas Mme Roy ?

Il a haussé les épaules sans répondre.

— Elle t'a fait de la peine, ou quoi ?

— Non.

C'est tout ce qu'il m'a répondu : « Non. »

C'est ainsi avec Fred ; pas toujours évident. Il éprouvait de l'affection pour Patrice Labrie, un homme secret au comportement ambigu et, au premier coup d'œil, il prenait en grippe une personne sympathique comme Mme Roy.

Allez donc comprendre quelque chose !

7

NOUVEAU SUSPECT

Il était trop tard pour aller à l'hôpital cet après-midi-là, surtout que c'était vendredi, jour de sortie des Dumoulin, mère et fils. Vu la lenteur de Fred, sa toilette démarrait tôt. « Le bain, la barbe, le shampoing, ce que je sais, il est l'heure de partir et il n'a pas encore fini d'attacher ses souliers », dit souvent sa mère.

Toutefois, je tenais à m'assurer qu'il m'accompagnerait le lendemain matin. Mon enquête piétinait et j'en étais au point où je devais provoquer les événements pour la faire avancer.

— Fred, que dirais-tu si on allait rendre visite à Mme Simard demain avant-midi ? lui ai-je suggéré en revenant de chez Patrice.

— Oh oui ! Je vais lui apporter des bonbons !

C'était dans le sac! Sauf que sa mère a flairé quelque chose.

— Nesbitt, je ne savais pas que tu aimais Mme Simard à ce point-là!

Les sourcils froncés, elle m'observait d'un regard perçant par-dessus ses lunettes.

— Ben... ai-je bafouillé en me sentant rougir. J'ai pensé que... euhhh... Fred serait content de la voir!

Elle n'était qu'à moitié convaincue. Néanmoins, elle a soupiré :

— Bon... ça ne peut pas faire de mal.

Malgré le succès de ma manœuvre, je me suis senti tout de travers en montant chez ma sœur. Pas fier de moi. J'avais manipulé Fred et menti à sa mère. «Un bon détective doit utiliser toutes les ressources à sa disposition pour démasquer les coupables», me suis-je répété pour calmer ma conscience troublée. Mais un sentiment de honte me tourmentait encore quand je suis entré dans l'appartement.

— Nesbitt! s'est exclamée ma sœur. Te voilà enfin! Regarde qui est là!

Sur le divan du salon, les fesses au bord du coussin, Charles Paradis, le

« beau Charles », les lèvres figées dans un sourire niais, suivait chacun des gestes de ma sœur d'un regard envoûté.

Qu'est-ce qu'il faisait là, lui ? Et je me suis souvenu que c'était le soir de l'invitation à souper.

Avant, ils allaient voir un film. Suggestion de Charles, m'a dit Maryse, qui semblait enchantée.

Charles buvait ses paroles, un air bovin imprimé sur le visage, comme si son intelligence l'avait déserté d'un seul coup. Si le coup de foudre produit cet effet, je préfère m'en passer. Et pour longtemps !

Ce n'est que lorsque Maryse est allée se préparer qu'il a repris un semblant d'allure humaine. S'adossant au divan, il m'a demandé :

— T'ennuies-tu de tes parents ?

— Un peu, mais je suis bien ici. J'ai des amis. Je connais le quartier.

— Justement, quand je suis arrivé tout à l'heure, Maryse m'a dit que tu étais chez le voisin d'en arrière. Tu le connais depuis longtemps ?

J'ai tressailli. Charles se doutait-il de quelque chose ? Son visage ne reflétait pourtant aucun intérêt particulier, mais allez donc savoir avec une personne dont le métier consiste à interroger des suspects à longueur de journée.

Prudemment, j'ai rétorqué :

— Pourquoi ? Il a fait quelque chose d'illégal ?

Il est resté bouche bée. Puis il a éclaté de rire en s'excusant.

— Désolé, Nesbitt ! Déformation professionnelle ! Ne va pas croire que j'essaie de mettre mon nez dans tes affaires.

Ouf ! Je respirais mieux !

Pour se faire pardonner, il m'a raconté une de ses enquêtes et son histoire m'a ramené à Patrice et à ses indemnités. Charles était la personne idéale pour me renseigner à ce sujet.

— Sais-tu quel montant reçoit une personne qui a perdu l'usage de ses jambes dans un accident ? ai-je demandé en adoptant l'air le plus détaché possible

— Eh bien… je ne sais pas. Ce n'est jamais pareil.

— 2 000 $? ai-je suggéré à tout hasard. Ou plus ?

— Et de beaucoup ! Mais ça dépend d'une foule de facteurs. Donne-moi un exemple.

J'hésitais à mentionner Patrice. Par contre, en sachant le montant de ses indemnités, je comprendrais mieux le rapport entre lui et Aline Simard.

— Le voisin d'en arrière, ai-je dit... pour aussitôt réaliser que je parlais tout seul.

Comme par enchantement, l'intérêt de Charles s'était volatilisé à l'apparition de ma sœur.

— Charles, j'en ai pour deux minutes. Quelques recommandations à mon frère et je suis prête. Zut ! Le téléphone ! Peux-tu répondre, Nesbitt ?

N'importe quoi plutôt que d'assister une seconde de plus aux échanges d'œillades énamourées de ces deux-là !

— Nesbitt, il faut que je te voie ! a hurlé une voix au bout du fil.

— Gabrielle ? C'est toi ?

— Qui veux-tu que ce soit ?

Sa voix était méconnaissable tellement elle était énervée.

— Devine ce que je viens d'apprendre ! C'est tout simplement incroyable !

— Quoi ? Qu'est-ce qui se passe ? ai-je demandé, en alerte.

Il ne pouvait s'agir que de notre « affaire ».

— Impossible de t'en parler maintenant ! Je suis au dépanneur et des clients attendent. Je peux aller chez toi tout à l'heure ?

— Qui est-ce ? a demandé Maryse au même moment.

En apprenant que c'était Gabrielle, elle a suggéré que je l'invite à souper. Il y avait assez de lasagne pour deux.

— Ça ne peut pas tomber mieux ! a répondu Gabrielle. Vers dix-sept heures, alors ?

Et elle a raccroché. Sapristi ! Une heure interminable à me ronger les sangs ! J'avais le temps de me manger les ongles jusqu'aux premières jointures !

— Nesbitt, apporte-moi de quoi écrire, a dit ma sœur. Je veux te laisser le nom du restaurant où on va souper, sinon je risque d'être inquiète toute la soirée.

Elle m'énerve quand elle adopte cette attitude surprotectrice ! Exceptionnellement, je lui en ai été reconnaissant, car, en cherchant un bloc-notes sur mon bureau, j'ai trouvé les billets que j'avais à vendre pour le financement d'une activité scolaire. Charles en a pris deux en s'amusant comme un fou des gros yeux que me faisait Maryse.

— Mon sacripant ! m'a-t-elle dit, en promettant d'en acheter à son tour un peu plus tard.

— Gabrielle, tu y crois, toi, à cette histoire ?

— Les Bédard n'ont aucune raison de mentir ! a-t-elle répondu en attaquant sa lasagne fumante.

Un peu plus tôt, ce même après-midi, Nicolas et Annie Bédard, les locataires du troisième chez Patrice Labrie, s'étaient arrêtés au dépanneur, en manque de *chips* et de chocolat, selon Gabrielle. Malgré la promesse qu'elle s'était faite — ne plus s'occuper de mes élucubrations —, elle n'avait pu résister à la tentation de participer à mon enquête.

— Comment aimez-vous le quartier ? leur avait-elle demandé pendant qu'ils payaient leurs achats.

— Super ! s'était exclamé Nicolas en enfournant la moitié de sa barre de chocolat.

— Archisuper ! avait renchéri sa sœur. Le cégep est à côté, le logement est génial ! Vraiment super !

À travers une grêle de superlatifs, Gabrielle avait appris qu'ils étaient originaires de Rivière-du-Loup, qu'ils y retournaient toutes les fins de semaine, que leur sœur aînée vivait en Australie et que leur propriétaire était *cool*.

Enfin, on y arrivait.

Masquant son intérêt, Gabrielle les avait encouragés à poursuivre.

— Monsieur Labrie est *cool*, dites-vous ?

Tous les mois, avait expliqué Annie, ils remettaient au propriétaire leur chèque de loyer en main propre. Le premier septembre, quelle ne fut pas leur surprise quand Patrice Labrie leur avait ouvert non pas dans son fauteuil roulant, mais sur ses deux jambes.

— Quoi ? avait hurlé Gabrielle, se rappelant que j'avais vu Patrice marcher, dimanche soir dernier. Sur ses jambes ?

Amusée de l'effet produit par ses confidences, Annie Bédard avait poursuivi :

— Mais ce n'était pas Patrice ! C'était Julien, son frère jumeau.

— Ils sont exactement pareils, avait ajouté Nicolas.

Gabrielle était abasourdie.

— De vrais jumeaux? Vous en êtes sûrs? Ils ont sûrement un petit quelque chose de différent, non?

— À part le handicap de Patrice et le fait que Julien vit à Montréal, je ne vois pas. Bien sûr, Patrice n'était pas chez lui cette fois-là. Je n'ai pas pu le constater *de visu*, mais je suis prête à jurer qu'ils sont identiques.

C'était donc l'incroyable nouvelle de Gabrielle?

Tout comme elle, j'avais bondi en l'apprenant. Puis le doute avait repris le dessus. Cette histoire de jumeau me restait en travers de la gorge. Trop simple! Trop facile! En fait, j'avais l'impression de me retrouver dans un film de série B, quand à la fin, on découvrait qu'un jumeau malfaisant, dont on ignorait l'existence jusqu'alors, avait cherché, par vengeance, tout au long de l'histoire, à nuire à son double.

— Gabrielle, tu oublies que personne ne les a vus ensemble!

Elle y avait pensé; elle avait discrètement questionné sa famille à ce sujet. Personne n'avait entendu parler d'un jumeau.

Ce qui m'a le plus étonné, c'est que, en dépit de ce manque de preuves évident, Gabrielle avait adhéré sans condition à l'existence de Julien.

— Et alors ! s'est-elle écriée, exaspérée par mon incrédulité. Pourquoi les Bédard ne seraient-ils pas fiables ? Aaah ! Je ne sais plus quoi te dire, moi ! Écoute, Nesbitt, c'est Julien que tu as aperçu l'autre soir. Pas Patrice !

— Reste qu'il peut s'agir d'un seul et même homme. Imaginons que Patrice ait inventé le jumeau pour se sortir d'une situation délicate. Par exemple, quand il a ouvert aux Bédard, peut-être avait-il oublié qu'il n'était pas censé marcher. Il ne pouvait pas leur dire : « Je fais semblant d'être handicapé. » D'où la nécessité d'inventer un jumeau.

— Tu as le don de couper les cheveux en quatre, toi ! s'est-elle exclamée en repoussant sa chaise d'un coup sec pour porter son assiette vide à l'évier.

Je l'entendais rouspéter derrière moi. Quelques instants plus tard, elle m'a dit d'un ton plus modéré :

— Nesbitt, tu es de mauvaise foi ! Moi, le jumeau, j'y crois. Admets au moins que c'est possible !

J'ai admis, pour lui faire plaisir, car il se tramait quelque chose dans cette maison, jumeaux ou non. J'en aurais mis ma main au feu. Mon raisonnement tenait la route : un homme faisait semblant d'être paraplégique pour extorquer de l'argent aux assurances, un témoin découvrait le pot aux roses et faisait chanter le faux infirme.

Par contre, si j'admettais l'existence du jumeau, je devais remettre en question toutes mes déductions, ce qui relevait de la plus haute extravagance. Mais, par souci d'honnêteté, il fallait que je m'en assure. Et la seule façon était de vérifier à la source.

Demain, après ma visite à Mme Simard, Patrice Labrie allait recevoir un jeune vendeur de billets. Sur place, il me serait facile d'orienter la conversation sur sa famille. Je lui demanderais même de me montrer des photos. Oui ! Patrice allait tomber dans mon piège !

Une grosse journée m'attendait.

8

FRAYEUR À L'HÔPITAL

Samedi, 19 septembre

Jamais je n'aurais imaginé qu'Aline Simard puisse être si mal en point. Mais d'abord, il faut dire que j'avais trouvé sa chambre vide en arrivant à l'hôpital. J'ai pensé qu'elle avait eu son congé, mais l'infirmière à qui je me suis informé m'a dit que Mme Simard avait demandé qu'on la place dans une chambre avec quelqu'un d'autre.

— Elle ne voulait plus être seule. Jusqu'ici, elle n'a pas été chanceuse : sa première voisine de lit est rentrée chez elle hier et la suivante n'arrive qu'en fin de journée. Votre visite va lui faire du bien.

Selon ses instructions, je me suis dirigé vers la nouvelle chambre, tout au bout du corridor. Fred me suivait pas à pas, une boîte de chocolats à la main, amusé du va-et-vient de l'hôpital. J'ai frappé deux coups brefs et poussé doucement la porte. Le premier lit était inoccupé. Dans l'autre, une femme dormait.

Heureusement que Fred l'a reconnue ; moi, j'ai cru que je m'étais encore trompé d'endroit.

La femme étendue là n'avait plus rien de l'ancienne voisine. Elle faisait peine à voir ; on aurait dit qu'elle avait rapetissé. Un bandage lui encerclait la tête ; son bras gauche, de l'épaule au poignet, disparaissait sous un plâtre. Des ecchymoses coloraient son visage de la gamme complète de l'arc-en-ciel, et ses yeux cernés de noir semblaient profondément enfoncés dans leurs orbites.

— Madame Simard, ai-je murmuré en touchant sa main. C'est moi, Nesbitt. Regardez, Fred est avec moi.

Elle a ouvert les yeux d'un coup sec, comme si elle venait de recevoir un choc électrique.

— Ahhhh…, a-t-elle gémi dans un râle inquiétant.

Fred s'est approché pour lui offrir son cadeau.

— Hou, hou! Madame Simard! C'est moi, Fred!

Plutôt que de répondre, elle a refermé les yeux en poussant un profond soupir. Quand elle les a rouverts, elle semblait moins égarée.

D'une voix faible, elle m'a demandé :

— Veux-tu me donner de l'eau, Nesbitt? De l'eau bien froide, s'il te plaît.

Sur la table de chevet à côté d'elle, un pot et un verre vides côtoyaient une paire de lunettes posée sur une pile de revues.

— Prends-en dans la salle de bain, a-t-elle ajouté en me désignant la porte qui faisait face à son lit.

L'eau du robinet était tiède et je l'ai fait couler quelques minutes avant de remplir le pot. Ensuite, je suis retourné dans la chambre. Instantanément, j'ai senti qu'un événement venait de se produire. La pièce était chargée d'une tension presque palpable. De blanc, le teint de la malade avait viré au gris et elle fixait d'un air hagard la porte de la chambre qui achevait de se refermer.

— Madame Simard! Qu'avez-vous? Que s'est-il passé? Qui est venu ici?

Pas un son n'a franchi ses lèvres.

Fred, lui, ne s'était aperçu de rien. Pendant que j'étais dans la salle de bain, il s'était avancé un fauteuil entre les deux lits et, dos à la porte, il achevait d'arracher la cellophane qui recouvrait sa boîte de chocolats.

Sans perdre une seconde, j'ai déposé le pot sur la table et couru vers le corridor, persuadé que la personne qui venait de pousser la porte ne pouvait être loin. Pourtant, j'ai eu beau fouiller des yeux les alentours, aucune silhouette, aucun mouvement suspect n'ont attiré mon attention.

Tout semblait désespérément normal. Une infirmière est passée en vitesse devant moi. De la pièce voisine, un malade est sorti faire quelques pas, soutenu par une aide-soignante. Un peu plus loin, quelques visiteurs discutaient à voix basse. Quelques portes étaient ouvertes, d'autres fermées. Il était hors de question d'entrer dans les chambres l'une après l'autre, mais rien ne m'empêchait de remonter le couloir en jetant un coup d'œil partout où je pouvais le faire. En alerte, j'avançais à pas lents vers le poste des infirmières quand le bruit de l'ascenseur a attiré mon attention.

À une vingtaine de mètres devant moi, un groupe de gens s'engouffraient dans la cabine, sept ou huit personnes tout au plus. J'ai accéléré le pas, car j'avais eu l'impression de reconnaître l'une d'entre elles. Quand je suis arrivé à l'ascenseur, les portes s'étaient refermées.

J'ai eu beau chercher à identifier la personne en question, la mémoire me faisait défaut. Le pire, c'est que plus j'y pensais, plus je paniquais. Calme-toi, Nesbitt, me répétais-je. En vain.

En désespoir de cause, j'ai fermé les yeux en inspirant profondément, m'efforçant de reconstituer la scène. Peu à peu, l'image s'est reformée dans mon esprit. Je revoyais la grande femme blonde et la jeune fille au manteau vert. Derrière elles, le gros homme, celui avec une casquette noire. Une infirmière, aussi. Au fond, deux autres silhouettes floues. Puis, l'homme. Grand, plus grand que les autres, habillé en blanc comme un infirmier. C'était cet homme qui m'avait frappé, sa chevelure foncée, la carrure de ses épaules, la forme de sa tête. Oui !

C'était Patrice Labrie ! D'où cette impression de déjà-vu… Mais je n'aurais pu le jurer. L'homme était loin et je ne l'avais qu'entraperçu. J'enrageais.

— Nesbitt, c'est toi ?

J'étais concentré si fort sur mon problème qu'il m'a fallu quelques secondes avant d'identifier la personne qui m'interpellait. Décidément, cette matinée était propice aux rencontres de voisins : Aline Simard, Patrice, et maintenant, Noëlla Roy !

Mme Roy semblait contente de me voir. Elle m'a expliqué qu'elle travaillait régulièrement comme bénévole à l'hôpital. Un sarrau fleuri enfilé par-dessus ses vêtements, elle parcourait les étages en poussant un petit chariot couvert de journaux, de friandises et d'une foule d'objets hétéroclites, allant de la colle à dentier au filet à cheveux.

— Ce petit commerce me plaît. De plus, certains malades ont besoin d'un coup de main pour se peigner, d'autres veulent faire un brin de jasette. Je me sens utile. Mais toi, Nesbitt, es-tu venu voir Aline ?

J'ai confirmé d'un signe de tête.

— Elle doit être contente, elle s'ennuie tant, la pauvre. Dis-moi, comment l'as-tu trouvée ?

— Plutôt mal en point. Très nerveuse.

— Nerveuse ? Qu'est-ce qui te fait croire ça ?

Il était impensable de lui raconter l'incident précédent. Cela m'aurait entraîné sur une voie trop glissante, où les intuitions prennent le pas sur la raison. Je risquais de perdre sa confiance et surtout, d'avoir l'air d'un vrai fou. Aussi ai-je répondu :

— Je la connais peu, vous savez. Peut-être qu'elle est toujours… nerveuse.

— Là-dessus, Nesbitt, je pense que tu as raison. Il ne faut pas perdre de vue qu'un accident pareil ébranle fortement une personne de son âge. Peut-être qu'elle ne sera plus jamais comme avant. Je vais passer la voir tout à l'heure.

Le fait de savoir que Noëlla prenait soin de Mme Simard m'a réconforté et c'est le cœur plus léger que je suis retourné à sa chambre.

Apparemment, elle avait retrouvé son calme. Elle écoutait paisiblement Fred relater les dernières prouesses de son chat Bandit. Fred avait posé son bras gauche sur le lit, sa main potelée recouvrant la main noueuse de Mme Simard.

C'était dommage de briser cette belle harmonie, mais si Aline Simard était menacée, il n'y avait pas un instant à perdre.

— Madame Simard, ai-je dit en me plaçant derrière Fred, dites-moi qui vous a effrayé tout à l'heure ? C'était Patrice Labrie, n'est-ce pas ?

— Qui ? a-t-elle demandé d'une voix hésitante, son regard exprimant l'incompréhension la plus totale. Nesbitt, de quoi parles-tu ?

— De Patrice Labrie ! Son nom ne vous dit rien ?

— Oui, mais je ne vois pas où tu veux en venir.

Elle aurait pu tromper n'importe qui, mais pas moi. J'étais assez impliqué dans cette affaire pour déceler qu'elle était trop effrayée pour avouer quoi que ce soit. J'admets qu'elle cachait bien sa peur.

— Je vais dormir maintenant, je suis si fatiguée, a-t-elle soupiré en fermant les yeux. J'aimerais tant que Cécile soit ici…

J'ai pensé qu'il devait s'agir de l'amie qui était en voyage, me rappelant la lettre signée « Cécile » dans son courrier électronique. Mais je n'étais pas censé connaître son existence, alors je n'ai rien dit.

Fred s'est levé et l'a embrassée sur la joue.

— J'ai rencontré votre amie Noëlla tout à l'heure, ai-je dit en allant replacer le fauteuil de Fred près de la porte. Elle va venir vous voir bientôt.

J'ai enfilé mon coupe-vent, déçu au-delà de toute mesure du résultat de ma visite : tous ces efforts pour rien...

Je passais la porte quand un hoquet bizarre m'a fait me retourner. Aline Simard pleurait sans bruit, les yeux grands ouverts, de grosses larmes dévalant en rigoles le long de ses joues creuses, l'air accablé comme si elle portait la terre entière sur ses épaules.

J'étais bouleversé. Pire encore, je me sentais impuissant devant son désarroi. Heureusement que Fred était là. Il s'est emparé d'une pile de mouchoirs, épongeant les larmes d'une main assurée alors que de l'autre, il lui tapotait doucement l'épaule, murmurant de petits mots de réconfort.

— Ça va aller, il ne faut pas pleurer ! On va revenir, c'est promis !

L'heure était critique. Aline Simard crevait de peur. Et ce qui a suivi n'a fait que confirmer mes doutes.

— Je veux sortir d'ici ! a-t-elle gémi d'un ton désespéré.

— Il faut que vous me disiez tout, me suis-je écrié en lui saisissant les mains. Je peux vous aider ! S'il vous plaît, parlez-moi, madame Simard ! Faites-moi confiance !

J'ai insisté une autre fois. Elle a reniflé à plusieurs reprises, mais n'a rien ajouté de plus. Quand nous sommes partis, elle avait fermé les yeux comme si elle dormait.

Dans la chambre voisine, j'ai aperçu Noëlla qui replaçait les oreillers d'un malade. Elle m'a fait un signe de la main, que je lui ai rendu, et j'ai poursuivi mon chemin.

Cet épisode pénible avec Mme Simard prouvait que la situation s'aggravait d'heure en heure. Elle courait de graves dangers ; une décision rapide s'imposait.

Cependant, mes moyens étaient limités. J'avais besoin d'aide, mais il me répugnait de m'expliquer avec la police, surtout que je ne détenais aucune preuve. Jamais les policiers ne me prendraient au sérieux. Restait Charles. Pourquoi pas... Maryse me dirait de quelle manière le joindre.

9

AU SECOURS !

Le regard effrayé de Mme Simard m'a poursuivi sans relâche jusqu'à l'appartement. Si au moins elle avait eu une amie proche avec elle, ne cessais-je de me répéter. Car Noëlla Roy, même avec toute la gentillesse du monde, n'était qu'une connaissance de fraîche date.

Je l'entendais encore soupirer : « J'aimerais tant que Cécile soit ici. »

Que devais-je faire ? Écrire à Cécile ou pas ? Dans l'affirmative, Mme Simard saurait que j'avais fouillé dans ses affaires. Oh, et puis zut ! Elle avait besoin de son amie ; il serait toujours temps de m'expliquer plus tard.

J'ai récupéré la lettre de Cécile où figurait son adresse électronique, en me félicitant de ne pas avoir écouté Gabrielle quand elle m'avait ordonné de la jeter.

Drôle de coïncidence, l'amie revenait de voyage aujourd'hui, le 19 septembre.

Sans perdre une seconde, j'ai ouvert le courrier électronique de Maryse et rédigé mon message d'un seul trait.

Bonjour Cécile,

Vous ne me connaissez pas. Je suis Nesbitt, le voisin de votre amie Aline Simard. Il y a une semaine, elle a eu un accident. Elle a déboulé l'escalier dans l'entrée de son appartement. Depuis, elle est à l'hôpital. J'en arrive tout juste et j'ai trouvé qu'elle n'allait pas bien du tout, même si ses blessures ne sont pas trop graves. À vrai dire, je crois qu'elle s'est mise dans un sale pétrin avec le voisin et qu'elle a perdu le contrôle de la situation. Elle a peur, ce qui la rend plus malade encore. Elle m'a dit qu'elle aimerait que vous soyez auprès d'elle.

J'ai ajouté les coordonnées de l'hôpital et j'ai appuyé sur le bouton d'envoi avec une intense satisfaction. Un quart de seconde plus tard, j'ai réalisé que mon message était incompréhensible pour quiconque ignorait les problèmes d'Aline Simard avec Patrice. Un vrai fou ! C'est ce que Cécile penserait de moi si je ne corrigeais pas ma lettre au plus vite.

Je commençais un deuxième message lorsque Maryse est arrivée. L'idée de lui expliquer la situation m'a semblé tellement compliquée que j'ai remis mon courrier à plus tard. Mais j'ai laissé l'ordinateur ouvert.

— Nesbitt, je suis contente que tu sois là ! Charles vient souper avec nous, ce soir.

J'ai fait l'indifférent — pas question qu'elle se doute de quelque chose —, mais cette visite ne pouvait pas mieux tomber. J'aurais même le temps de retourner chez Patrice Labrie. Qui sait si je ne parviendrais pas à le démasquer, ou du moins à acquérir une preuve tangible qui rendrait cette affaire plus crédible aux yeux de Charles ? Je n'avais rien à lui montrer à part la lettre d'Aline Simard. Et celle-ci ne prouvait rien. Je ne voulais pas qu'il me prenne pour un hurluberlu, ou pire, pour un frère jaloux en manque d'attention.

J'ai saisi une poignée de biscuits — mon estomac gargouillait sans répit depuis le matin — et je me suis emparé des billets qui me restaient à vendre.

— Nesbitt, où vas-tu ?

C'était une question insignifiante de prime abord, mais qui dissimulait un piège de taille : le ménage. Maryse est intraitable à ce sujet et mes protestations n'y ont rien changé.

Ce n'est qu'à seize heures, après un dernier coup de chiffon sur les robinets du lavabo, que j'ai pu reprendre mes activités secrètes, libre comme l'air, car Maryse était repartie faire des courses.

— Nesbitt ! s'est exclamé Patrice en ouvrant la porte. Tu tombes mal, je sors.

Il était en train d'enfiler son veston de velours côtelé en se contorsionnant dans son fauteuil roulant.

— J'en ai pour une minute, pas plus ! ai-je dit en brandissant mes billets.

— Désolé, mon vieux. Je ne peux pas te recevoir maintenant. Voilà mon taxi ! Apporte mon carton à dessin, veux-tu ?

Une fois à l'intérieur du véhicule, il s'est excusé de nouveau et m'a fait promettre de retourner chez lui après le souper.

— J'ai une surprise pour toi !

Une surprise ? Sur le coup, cela m'a fait plaisir. Puis l'idée d'une mauvaise surprise m'a effleuré l'esprit. Peut-être commençait-il à se méfier de moi. Pourtant, je ne ressentais rien de tel. De toute façon, je n'avais pas le choix, sauf celui d'attendre à ce soir. Encore attendre !

À défaut de Patrice, je suis monté chez Noëlla Roy avec l'intention de la cuisiner sur son propriétaire, mais elle était pressée, elle aussi. Au moins m'a-t-elle acheté deux billets.

Je suis donc retourné chez Maryse dans un état de frustration avancé. Rien ne fonctionnait à mon goût. Rien du tout ! Le seul avantage, c'est que j'allais pouvoir réécrire à Cécile en toute tranquillité. Avant de m'installer à l'ordinateur, je suis allé ranger l'argent de ma dernière vente.

Et comme il y a des jours où tout va de travers, le total de billets vendus et le montant récolté ne correspondaient pas : j'avais dix dollars de trop. Heureusement, j'ai immédiatement mis le doigt sur le problème : Noëlla Roy venait de me payer avec un dix dollars flambant neuf, lisse et craquant comme je l'avais remarqué au moment du paiement. Or, un deuxième billet tout aussi neuf adhérait à l'autre ; ils ne s'étaient séparés qu'au moment où j'avais fait mes comptes.

Le billet à la main, je me suis précipité chez la voisine pour réparer l'erreur, en espérant qu'elle y serait encore.

En passant dans la cour d'en arrière, j'ai remarqué que la fenêtre de cuisine de Patrice était entrouverte d'une quinzaine de centimètres. Sardine pouvait ainsi s'allonger sur l'appui de la fenêtre et se coller le nez dans la moustiquaire. Une moustiquaire qui semblait facile à enlever, d'ailleurs.

Avec l'idée stimulante d'y revenir sitôt ma course réglée, j'ai grimpé les marches quatre à quatre et appuyé vigoureusement sur la sonnette du deuxième. Pas de réponse. Au cas où le timbre serait défectueux, j'ai frappé sur le montant de la porte, qui s'est entrouverte.

— Madame Roy ! ai-je dit en poussant la porte. Noëlla, c'est moi, Nesbitt !

Elle était déjà sortie.

Alors, j'ai eu l'idée de laisser l'argent sur la table, avec un mot d'explication : la question serait réglée et je n'y penserais plus.

J'ai avancé d'un pas et refermé la porte de la cuisine. C'est à ce moment-là que je l'ai aperçu. Il me tournait le dos.

— Monsieur Roy! ai-je bégayé. Oh, excusez-moi!

Je l'avais oublié, celui-là!

Pourtant, il n'a pas bronché d'un poil. Il dormait comme une souche. Je l'ai plaint du fond du cœur de passer ses journées entières dans un fauteuil. Il devait s'ennuyer à mourir.

Sur la pointe des pieds, je me suis dirigé vers le corridor, en quête d'un bout de papier. Loin de moi l'idée d'être indiscret, mais je n'ai pu faire autrement que d'examiner les pièces adjacentes.

L'appartement était petit, impeccable. Pas de désordre. Pas de poussière. Dans un coin du salon, un téléphone blanc, un répondeur et un ordinateur brillaient de propreté. Décidément, la vague des ordinateurs faisait rage chez les voisins du quartier. Par contre, pas le plus petit bout de papier. Et je n'osais pas ouvrir de tiroirs. J'ai jeté au passage un coup d'œil dans la salle de bain qui donnait sur la cuisine. Rien non plus de ce côté-là. En me retournant vers M. Roy, j'ai aperçu un bloc-notes multicolore sur l'étagère voisine de sa chaise.

Ragaillardi, je me suis élancé vers ma trouvaille, mais j'avais oublié mes grands pieds. Mes satanés grands pieds! Le bout de ma chaussure droite a heurté une des pattes de la table et, avant que j'aie pu comprendre ce qui m'arrivait, j'embrassais le plancher de tout mon long, non sans avoir frôlé le fauteuil de M. Roy en chemin.

Des mots d'excuses plein la bouche, j'ai commencé à me redresser. C'est à cet instant-là que l'indescriptible s'est produit : une main rattachée à un bras s'est écrasée devant moi, effleurant au passage le bout de mes doigts.

Glacé d'épouvante, j'ai hurlé en bondissant sur mes pieds :

— Qu'est-ce que c'est que ça ?

En alerte, j'ai contourné la chaise pour me retrouver en face du malade qui me dévisageait… de ses yeux sans vie. Des yeux inexpressifs peints sur une figure de plastique, car ce que j'avais devant moi n'était rien d'autre qu'un mannequin, comme ceux qu'on voit dans les vitrines de magasin.

M. Roy, un vulgaire pantin synthétique ?

Avec sa perruque poivre et sel et sa robe de chambre remontée jusqu'aux oreilles, il faisait parfaitement illusion. De dos, évidemment. Ou à travers la fenêtre, ou avec les jumelles de Mme Simard. Mme Simard... Oh non ! Un frisson d'horreur m'a traversé de bord en bord comme un violent éclair. La vérité que je venais d'entrevoir dépassait, et de loin, toutes mes élucubrations des derniers jours.

Puis une clé a tourné dans la serrure de la porte d'en avant ; Mme Roy était de retour.

Les événements qui ont suivi se sont déroulés en quelques secondes à peine, comme dans un rêve, ou plutôt, comme dans un cauchemar.

Affolé, le souffle court, j'ai cherché des yeux une issue. Pas question de m'enfuir à l'extérieur par la porte de la cuisine. Elle était vis-à-vis de celle d'en avant et Noëlla me démasquerait sur-le-champ. Même problème avec la salle de bain. Restaient les armoires et un placard derrière moi. Sans hésiter plus longtemps, j'ai tourné la poignée de celui-ci et je m'y suis engouffré. Au même moment, le téléphone s'est mis à sonner et j'ai entendu Noëlla courir vers l'appareil.

— Allô! C'est toi, Germaine?

Ouf! Sauvé *in extremis*! Ou presque. Parce que ma cachette — une armoire à balais, en fait — offrait un espace des plus réduits. Et la panique ne m'ayant pas lâché d'un cran, mon cerveau était gelé. «Ferme la porte, Nesbitt!» était la seule pensée cohérente à s'insinuer dans ce bloc de glace, sauf que je n'arrivais pas à mettre la main sur la poignée.

En désespoir de cause, j'ai saisi un crochet auquel était suspendu un chiffon et j'ai tiré. Clac! Comme une détonation! Ma respiration s'est bloquée aussi sec. Un coup de tonnerre ne m'aurait pas ébranlé davantage que le silence de mort qui a suivi.

— Germaine, ai-je entendu, attends-moi une minute. Mon mari m'appelle.

La menteuse!

Presque aussitôt, le plancher de la cuisine a craqué. Noëlla n'était pas loin. Derrière la mince cloison, je tremblais comme une feuille et mon estomac grondait comme une locomotive. Avais-je laissé des traces de mon passage ? Le « mari »... Le bras... Où avais-je mis le bras ? Réprimant un cri, je me suis aperçu que je le tenais serré contre moi, ma main gauche cramponnée à sa main de plastique, comme si j'avais eu peur de l'échapper.

— Tiens-toi tranquille, vieux chenapan ! a dit la terrifiante Noëlla.

Elle a ouvert un robinet et elle est retournée au téléphone. Après quelques commentaires glorifiant le courage de son « cher mari », elle a dit :

— J'arrive ! À bientôt, chère !

Deux minutes plus tard, la porte d'entrée claquait. Ouf ! Vite que je sorte d'ici.

Pourtant, je n'étais pas au bout de mes peines.

J'avais beau tâter le panneau de la porte, ma main ne rencontrait qu'un cercle de métal, avec en son centre, là où aurait dû se trouver la poignée intérieure, l'extrémité irrégulière d'une tige métallique à peine perceptible du bout des doigts. Oh non ! La poignée était cassée ! Et la satanée tige était trop courte pour que j'aie une prise. Si au moins j'avais eu un tournevis, j'aurais pu retirer les vis. Mais autour de moi, ce n'étaient que chiffons et balais.

De plus en plus paniqué, j'ai poussé, frappé, secoué la porte de toutes mes forces. Rien n'a bougé. J'étais prisonnier d'un placard à balais.

À cette idée, j'ai suffoqué.

Je me répétais, comme une litanie : « Calme-toi, Nesbitt, garde ton sang-froid ! » Mais c'était plus facile à dire qu'à faire. Comment réfléchir calmement quand l'espace autour de soi se résume à trente centimètres à gauche comme à droite, et que le dos collé au mur, on a le nez enfoncé dans une vadrouille poussiéreuse ?

Un désespoir sans nom s'est abattu sur moi et les larmes que je retenais à grand-peine ont jailli avec la force d'un geyser. Noëlla Roy allait revenir… J'ai sangloté plus fort encore, m'épongeant le nez et le visage avec un chiffon imprégné de cire à meubles.

Cette crise de larmes m'a aidé à retrouver un peu de mon calme, mais l'air frais me manquait de plus en plus.

Au ras du sol, un mince rai de lumière qui perçait sous la porte a attiré mon attention. Si je réussissais à m'asseoir, je pourrais au moins bénéficier du filet d'air qui entrait par cet interstice. Après de multiples contorsions, un crochet arraché et une longue éraflure au bras, je me suis retrouvé accroupi dos à un escabeau, les genoux remontés sous le menton, les pieds appuyés contre les tuyaux de chauffage qui traversaient le placard de haut en bas. Côté confort, il était facile de trouver mieux, même si ma situation s'était améliorée de deux cents pour cent.

J'étais dans un pétrin incroyable. Et par ma faute. Depuis plus d'une semaine, je cherchais des poux aux voisins. Ma seule consolation, c'est que j'avais eu du flair. Bon, j'avais fait une erreur sur la personne, mais l'erreur est humaine, non ?

En dépit de quelques zones d'ombre, je pouvais sans peine reconstituer l'histoire. Primo, Aline Simard découvrait la supercherie de Noëlla et exigeait une « compensation » en échange de son silence : « ... *une compensation serait appréciée. Surtout quand on pense à vos bénéfices !* » avait-elle écrit dans sa lettre. Des bénéfices ? Donc de l'argent... Noëlla Roy s'enrichissait avec son faux mari...

Difficile à croire… Non, je faisais fausse route. Aline Simard ne savait sûrement rien du faux mari.

Étais-je la seule personne au courant ? Au courant de quoi, justement ? Que Noëlla Roy, une femme accablée de solitude, tirait réconfort d'un mannequin qu'elle appelait « mon mari » ? Étrange, mais pas impossible. Et rien de criminel à cela.

Mon imagination délirante m'avait entraîné bien au-delà du bon sens et j'allais devoir réparer les pots cassés : expliquer à Noëlla la raison de ma présence dans son placard…

Pour couronner le tout, un violent mal de tête me martelait le crâne et le simple fait d'aligner deux idées cohérentes relevait de la performance. J'avais l'impression d'être enfermé depuis des heures, même si ma montre n'indiquait que dix-sept heures trente. Bon sang ! Le poulet pour le souper ! J'avais promis à Maryse de mettre le poulet au four à seize heures trente. Puis l'absurdité de cette réflexion m'a sauté aux yeux : j'étais coincé dans ce placard depuis plus d'une heure et je me faisais du souci pour la cuisson du poulet. Cependant, Maryse devait commencer à s'inquiéter ; elle ignorait où j'étais. Personne ne le savait. Seule Noëlla Roy pouvait me secourir.

Au même moment, j'ai perçu un murmure, comme une espèce de bourdonnement venant de l'étage inférieur. Patrice était de retour et il n'était pas seul. J'ai tendu l'oreille, mais les sons n'étaient pas assez distincts pour que je puisse bien les entendre. Par contre, ils semblaient plus perceptibles près des tuyaux, là où mes pieds étaient appuyés. Avec quelques efforts, j'ai basculé vers l'avant, de façon à pouvoir coller mon oreille contre les tuyaux.

« … faim de loup » a succédé à plusieurs sons étouffés. Puis, très clairement, j'ai entendu une voix prononcer :

— Julien, passe-moi le balai, veux-tu ?

Julien ? Julien, le jumeau ? Il existait vraiment ? Alors… Noëlla Roy…

Une sueur glacée m'a couvert de la tête aux pieds. Sans plus réfléchir, j'ai saisi le bras de plastique et j'ai cogné, cogné comme un fou contre les tuyaux.

— À l'aide ! S'il vous plaît, aidez-moi ! Je suis enfermé là-haut ! À l'aide !

10

LE PIÈGE DES APPARENCES

Combien de temps ai-je frappé sur les tuyaux ? Je n'en ai pas la moindre idée. Par contre, ce dont je suis sûr, c'est que j'avais perdu tout contact avec la réalité. Aussi, quand la porte du placard s'est ouverte, il m'a fallu quelques secondes pour reprendre mes esprits, comme si je retrouvais l'équilibre après une chute vertigineuse.

De l'air ! Enfin de l'air.

Le corps trempé de sueur, j'ai levé les yeux vers la silhouette qui s'encadrait dans l'embrasure de la porte. C'était Noëlla Roy. Vue d'en bas, elle m'a paru plus imposante, surtout qu'elle me dévisageait comme si elle venait de découvrir un monstre sous son lit. Son regard affolé volait du fauteuil de son « mari » au bras de plastique que je brandissais toujours. La main devant la bouche, elle ne cessait de répéter :

— Quoi ? Quoi ? Quoi ?

De mon côté, je n'en menais pas large. Muet de terreur, je ne parvenais même plus à déglutir, conscient qu'il me fallait réagir, maintenant ou jamais, profiter de l'élément de surprise pour m'échapper.

La vue brouillée par une multitude d'étoiles, j'ai tenté de me relever. Mais j'avais été accroupi trop longtemps et mes genoux ont fléchi. Je me suis affaissé dans le fond du placard. J'étais à sa merci.

Soudain, la porte de la cuisine s'est ouverte avec fracas.

— Hé ! a crié Noëlla en pivotant vers la porte. Sortez d'ici !

Mais il était trop tard.

J'ai entrevu Patrice, ou plutôt son frère. Puis ma sœur et Charles, avec derrière eux, Gabrielle et Fred. Ils se sont tous précipités vers moi, me bombardant de questions : qu'est-ce que je faisais là ? Comment ? Pourquoi ?

Malgré mon soulagement, mes préoccupations étaient d'un tout autre ordre : Noëlla Roy savait qu'elle était démasquée et j'appréhendais sa réaction.

Je me suis relevé tant bien que mal, la cherchant des yeux. Elle n'était plus dans la cuisine. D'une secousse, je me suis dégagé des bras de ma sœur, me ruant vers le corridor. Tout au fond, la porte d'entrée bâillait. Rien n'avait bougé dans l'appartement, sauf que dans le bureau, un tiroir manquait au classeur métallique voisin de l'ordinateur. Noëlla Roy s'était volatilisée. J'ai couru vers la porte. Sa voiture rouge disparaissait au coin de la rue dans un crissement de pneus strident. C'est la dernière image que j'ai gardée d'elle.

— Elle est partie ! a dit Fred dans mon dos.

De retour dans la cuisine, j'ai aperçu Julien penché sur la balustrade du balcon arrière. Il tentait de rassurer son frère, resté en bas. Je l'ai rejoint. Non qu'il me restât des doutes sur l'existence des jumeaux, mais de les voir ensemble était une façon comme une autre de mesurer l'étendue de ma gaffe. J'ai fait un signe de la main à Patrice et je suis rentré.

— Alors… a dit Maryse qui m'observait d'un air intrigué, contrarié et soulagé tout à la fois.

L'heure des explications avait sonné.

Le plus clairement possible, j'ai rapporté la découverte de la disquette dans la boîte de biscuits — gêné, Fred a baissé la tête — et la suite de quiproquos qui en avaient découlés. Mon amie Gabrielle m'a appuyé à plusieurs reprises, ajoutant un détail ou complétant une information. Grâce à elle, je me suis senti moins seul. Elle aurait pu me laisser tomber ; j'avais si peu tenu compte de son avis.

— Pourquoi n'as-tu rien dit avant ? s'est exclamé Charles quand j'ai eu fini.

Je me suis justifié du mieux que j'ai pu, mais sans grand résultat. D'ailleurs, Maryse n'admet toujours pas que j'aie gardé le silence au point de mettre ma vie en danger. « Tu aurais dû m'en parler ! » s'obstine-t-elle à répéter. Moi, je persiste à croire que personne ne m'aurait pris au sérieux.

Ensuite, j'ai appris de quelle façon ils m'avaient découvert.

Tout d'abord, de retour à la maison, Maryse avait été contrariée de trouver le poulet au frigo plutôt qu'au four, puis carrément fâchée en voyant que j'avais laissé l'ordinateur ouvert. En allant le fermer, elle avait vu qu'un message m'attendait dans le courrier électronique, une lettre d'une certaine Cécile.

— Elle m'a répondu! me suis-je exclamé en interrompant Maryse. Qu'est-ce qu'elle disait?

— Tiens, j'en ai une copie, a dit ma sœur en me tendant une feuille pliée en quatre.

Cher Nesbitt,

Juste un petit mot pour te remercier de m'avoir prévenue au sujet d'Aline. Je comprends maintenant pourquoi elle ne répond pas au téléphone. Heureusement qu'elle t'a donné mon adresse électronique.

J'ai quelques courses à régler et je file à Québec. J'y serai en milieu de soirée. J'espère te rencontrer.

Cécile

P.-S. Je l'avais prévenue de se méfier de Noëlla. Mais elle n'en a fait qu'à sa tête, comme d'habitude.

En haut, à côté de la date : 15 h 00.

Le message était là, pendant que j'étais à la maison, et je n'ai pas eu le temps de le lire !

— Je n'ai rien compris à cette lettre, a repris Maryse, mais j'ai senti que tu étais en danger. Charles est arrivé sur ces entrefaites. Je lui ai montré la lettre et on est descendus chez Mme Dumoulin au cas où celle-ci saurait où te trouver. Heureusement, Fred t'avait vu entrer chez Mme Roy vers seize heures quinze et il a juré que tu n'en étais pas ressorti.

Gabrielle a repris la suite pour expliquer que, de la fenêtre de la salle de bain, elle avait aperçu Maryse et Charles traverser le terrain au pas de course, Fred sur leurs talons.

— Quand ta sœur m'a dit que tu avais des ennuis chez Mme Roy, j'ai pensé qu'elle se trompait, qu'elle voulait plutôt dire Patrice Labrie. En fait, j'ai cru que tu étais entré chez lui en son absence et que tu t'étais fait prendre la main dans le sac. Mais quand j'ai vu Patrice sortir sur le patio avec son frère jumeau, l'air alarmé l'un comme l'autre, j'ai eu peur pour toi. Vraiment peur. Sans savoir pourquoi.

Effectivement, ma sœur, Charles, Fred et Gabrielle étaient arrivés chez les jumeaux au moment où ceux-ci sortaient, alertés par le tapage d'enfer qui s'était déclenché un peu plus tôt au-dessus de leurs têtes. Quand Maryse avait annoncé d'une voix blanche qu'elle me croyait là-haut, Patrice s'était exclamé :

— Julien, j'avais raison ! J'ai bel et bien entendu crier « À l'aide ! » Vite ! Prends les clés du deuxième !

Julien avait bondi vers l'escalier, imité de près par les autres. D'en bas, Patrice observait la scène en se tordant les mains.

— J'ai ouvert sans sonner, m'a dit Julien. J'étais convaincu que Noëlla Roy n'était pas là. Imagine ma surprise quand je l'ai vue. Surtout qu'elle avait l'air furieuse. Puis, je t'ai aperçu dans le fond du placard et je l'ai complètement oubliée.

Étrangement, personne n'avait eu connaissance du départ de Noëlla Roy. Elle avait profité de la confusion générale pour s'enfuir, récupérant au passage le tiroir qui contenait ses papiers compromettants.

Un lourd silence a suivi ces déclarations.

— Hum! a grogné Charles en déposant le bras du mannequin sur la table. Il est temps d'appeler mes collègues. Et puis, une conversation avec Mme Simard s'impose. Après, on en reparlera.

Sans plus de commentaires, il nous a conseillé de rentrer chacun chez soi.

Dimanche, 20 septembre

Le lendemain avant-midi, Charles m'a fait écouter l'enregistrement de sa conversation avec Mme Simard. Il l'avait interrogée la veille pendant plus d'une heure.

— *Charles :* Connaissiez-vous Noëlla Roy depuis longtemps?

— *Aline Simard :* Pas tellement. Elle était nouvelle dans le quartier. À la mi-juillet, elle s'est jointe à mon groupe de bénévoles. J'avoue que je l'ai immédiatement trouvée sympathique.

— *Charles :* Vous parlait-elle de son mari?

— *Aline Simard :* Jamais ! D'ailleurs, si je n'avais pas rencontré le facteur ce jour-là, je n'en aurais jamais rien su.

— *Charles :* Le facteur ?

— *Aline Simard :* Ça remonte à la fin de juillet. Ce matin-là, comme on faisait toutes les deux du bénévolat au même endroit, je me suis dit qu'il serait agréable de faire la route ensemble. J'étais sur le point de sonner à sa porte quand le facteur est arrivé. Un charmant petit jeune homme. Toujours est-il qu'il m'a remis tout le courrier de Noëlla parce qu'un gros magazine refusait d'entrer dans sa boîte aux lettres. Un magazine d'informatique. Je suis abonnée au même et ça m'a fait plaisir de constater qu'on avait un autre point en commun, elle et moi. Puis, j'ai sonné.

(Long silence sur le ruban. Charles toussote.)

— *Aline Simard :* Excusez-moi ! J'ai si souvent repensé à ce moment-là… Parce que, voyez-vous, quand je lui ai remis son courrier, la lettre est tombée par terre.

— *Charles :* La lettre ?

— *Aline Simard* : Une lettre adressée à Eugène Roy. Un chèque de pension du gouvernement, en fait. En la ramassant, j'ai reconnu l'enveloppe. Je reçois la même tous les mois. Je ne sais trop pourquoi… à cause du nom, probablement, j'en ai déduit qu'Eugène Roy était son mari et qu'il percevait sa pension de retraité. (Profond soupir.) Ah, si je m'étais mêlée de mes affaires… Mais c'était plus fort que moi. « Je ne savais pas que vous étiez mariée ! » lui ai-je dit. Doux Jésus ! Si vous aviez vu ses yeux ! Elle m'a dévisagée d'un air qui n'avait rien d'amical, croyez-moi, et elle m'a arraché la lettre des mains. « Attendez-moi ici ! » a-t-elle dit d'un ton tranchant.

(Reniflements et raclements de gorge.)

— *Charles* : Ensuite, madame Simard, ensuite.

— *Aline Simard* : À son retour, elle s'était radoucie. Elle s'est excusée : « Mon mari est très malade ; ça me bouleverse énormément. » Elle avait les yeux pleins d'eau. « Je préfère ne pas en parler », a-t-elle ajouté. « Ça me fait trop de peine. » Je me suis excusée à mon tour et on est allées à l'hôpital en jasant d'ordinateur. Mais l'affaire du mari me tracassait.

— *Charles :* Pourquoi ?

— *Aline Simard :* Voyez-vous, quand quelqu'un a un conjoint invalide ou très malade, il a besoin d'en parler. Mais elle… Alors, j'ai commencé à m'informer dans le quartier. Au dépanneur des Painchaud, personne ne savait que Noëlla Roy avait un mari, encore moins un mari invalide. C'est grâce à moi si on l'a appris. Auparavant, il faut que vous sachiez que j'avais déjà parlé d'elle à ma grande amie Cécile, vous savez, mon amie de Montréal ? (Grognement de Charles.) Elles auraient pu se connaître ; elles avaient travaillé toutes les deux au même hôpital. Mais la seule Noëlla Roy dont Cécile se souvenait avait été employée au service de comptabilité et non comme infirmière. D'ailleurs, on l'avait soupçonnée de fraude et elle avait été contrainte de prendre une retraite anticipée au printemps dernier. Inspecteur, pourrais-je avoir un verre d'eau, s'il vous plaît ?

(Toux sèche de Mme Simard et bruit d'un verre qu'on dépose sur une table.)

— *Aline Simard :* Alors, après l'incident du chèque, je me suis demandé si « ma » Noëlla n'était pas celle de Cécile. J'ai rappelé mon amie pour la mettre au courant, et la description qu'elle m'a faite de « sa » Noëlla correspondait en tout point à ma voisine. Cécile s'est montrée inquiète que je continue à la fréquenter. La veille de son départ en vacances, elle m'a conseillé la plus grande prudence, mais j'ai passé outre. J'ai plutôt redoublé la surveillance, surtout que, avec mes jumelles, j'avais une excellente vue sur sa fenêtre de cuisine, là où, jour après jour, le mari était assis du matin au soir. Bizarre, très bizarre ! me disais-je. Au point que j'ai décidé d'aller voir de plus près.

— *Charles :* Vous êtes entrée chez elle ?

— *Aline Simard :* Mais non ! Une journée où je savais Noëlla à l'hôpital, je suis montée par-derrière et j'ai collé mon nez à sa fenêtre. Doux Jésus ! Quand mes yeux ont rencontré ce regard vitreux, j'ai pensé mourir là ! (Soupirs tremblotants.) Ensuite, j'ai compris. Le mari était un faux, un mannequin ! Alors, la lumière s'est faite. L'argent ! Le chèque de pension !

Noëlla Roy était une fraudeuse ; l'affaire de l'hôpital le prouvait. Elle percevait les rentes d'un mari qui n'existait pas. Comment elle s'y prenait, je n'en sais rien. C'est là que j'ai manqué de jugement !

— *Charles :* En envoyant la disquette contenant la lettre de chantage ?

— *Aline Simard :* Je vous assure que je l'ai regretté à chaque minute qui a suivi. J'aurais dû penser, avec ce que je savais d'elle, que les scrupules ne l'étouffaient pas. Mais non ! Je voulais lui donner une leçon, surtout que j'ai toujours raffolé des suspenses. L'idée de la disquette m'a amusée et je l'ai déposée dans sa boîte aux lettres le mardi avant-midi. Je pensais avoir de ses nouvelles la journée même, mais elle n'a pas donné signe de vie avant le vendredi soir.

— *Charles :* Le soir de votre accident ?

— *Aline Simard :* Exactement. Il était vingt et une heures quand on a frappé à ma porte. Au premier coup d'œil, je n'ai vu personne sur le palier. Il faisait très noir, les deux ampoules du corridor étaient brûlées. Je me suis avancée un peu et c'est là que je l'ai aperçue, le dos contre la porte de ma voisine. Comme si elle se cachait. J'ai eu peur. « On ne joue pas à ces petits jeux-là avec moi ! » m'a-t-elle dit d'un ton à glacer le sang. Elle a fait un pas en avant et m'a donné une solide poussée.

— *Charles :* Pourquoi ne l'avez-vous pas dénoncée, le lendemain, quand je suis allé vous rencontrer à l'hôpital ?

— *Aline Simard :* Noëlla venait de sortir de ma chambre après m'avoir menacée : « Parle et tu n'es pas mieux que morte ! Je ne manquerai pas mon coup, cette fois-là ! » (Soupirs de Mme Simard.) Et vous savez, inspecteur, je n'avais pas seulement peur, j'avais tellement honte de moi.

La face A de la cassette s'est arrêtée sur les sanglots d'Aline Simard. Sur la face B, peu de nouveau, sauf la confirmation de certains de mes doutes.

— *Charles :* Poursuivez, s'il vous plaît, madame Simard.

— *Aline Simard :* Elle s'est mise à me harceler, me rendant visite plusieurs fois par jour. J'étais terrorisée. Ce matin, j'ai passé à un cheveu de me confier à

Nesbitt, mais Noëlla est entrée pendant qu'il était dans la salle de bain. En voyant que je n'étais pas seule, elle est ressortie comme une flèche. Nesbitt ne l'a pas vue, mais j'ai compris qu'il se doutait de quelque chose ; il me questionnait sur Patrice Labrie. Pourquoi lui aurais-je dit la vérité ? J'avais fait assez de dégâts comme ça, je n'allais pas, de plus, mêler un enfant à mes bêtises.

— *Charles :* Par curiosité, madame Simard, j'aimerais savoir pourquoi vous aviez conservé une copie de la lettre dans une disquette et non dans l'ordinateur, et que faisait votre disquette dans la boîte de biscuits ?

— *Aline Simard :* Quand je suis revenue de chez Noëlla, après avoir déposé sa disquette dans son courrier, j'ai rouvert mon ordinateur. La première chose que j'ai aperçue à l'écran, c'était le fichier de la maudite lettre. Ça m'a donné un de ces coups ! J'ai ressenti un serrement terrible dans la poitrine, comme si j'allais étouffer. Il fallait que je fasse disparaître ce fichier de ma vue, mais je ne voulais pas le jeter. Je l'ai sauvegardé dans une disquette et j'ai effacé l'original de mon ordinateur. Pour la même raison, il était hors de question de ranger cette disquette avec les autres. La boîte de biscuits était à côté de moi… (Long silence.) Voilà, inspecteur, vous savez tout! Heureusement que Fred et Nesbitt l'ont trouvée. Sinon, qui sait où j'en serais au moment où on se parle?

ÉPILOGUE

Une semaine après ces événements, la police n'avait toujours pas mis la main sur Noëlla Roy, bien que trois autres fraudes à son actif aient été percées à jour. Charles m'a dit qu'il doutait qu'on la retrouve.

J'enrage quand je pense à la façon dont elle m'a berné. Ses sourires, sa prétendue amitié pour Aline Simard, ses manigances pour faire croire à l'existence d'un mari, allant jusqu'à étendre des vêtements d'hommes sur sa corde à linge.

Pas une seule minute je ne me suis douté de la supercherie, aveuglé que j'étais par les apparences. J'étais sûr que Patrice était le plus habile des menteurs, convaincu qu'il était l'homme de l'ascenseur à l'hôpital. Tellement sûr de moi !

Pourquoi n'ai-je pas fait confiance à Gabrielle ? Elle qui m'avait mis en garde contre mes affirmations gratuites. Pourquoi n'ai-je pas cru à l'existence du frère jumeau ? C'était pourtant plausible.

Et Fred qui ne pouvait pas blairer Noëlla Roy, mais qui considérait Patrice comme un ami.

Et mon sixième sens! Mon estomac en folie depuis des jours. Dire que la journée où j'ai découvert le « mari », il m'avait tourmenté sans répit depuis le matin. Je l'ai ignoré, lui aussi.

Je n'apprendrai donc jamais?

Quant à Mme Simard, elle aura à s'expliquer à cause de la lettre de chantage. Cette lettre qui l'a presque tuée...

Hier, Maryse m'a emmené au centre commercial — aussi incroyable que cela puisse paraître, mes pieds ont encore allongé. Nous nous sommes arrêtés devant une vitrine pour examiner un étalage d'espadrilles. J'allais lui montrer un modèle en particulier quand, dans le reflet de la vitre, mon regard a croisé celui de la personne qui se tenait derrière moi. Instantanément, mon cœur a bondi comme s'il voulait sortir de ma poitrine : je venais de reconnaître Noëlla Roy !

Pétrifié, avec la désagréable impression que le sol se dérobait sous mes pieds, j'ai fermé les yeux aussi fort que j'ai pu. Quand je les ai enfin rouverts, il n'y avait plus que Maryse et moi devant la vitrine.

Était-ce bien Noëlla ? Ou mon imagination qui m'a joué un sale tour ? Malgré tout, je continue à me demander ce qui se passera si jamais j'arrive face à face avec elle...

TABLE DES MATIÈRES

Les titres de la collection Atout

* Lecture facile   ** Lecture intermédiaire   *** Lecture difficile

Achevé d'imprimer en juillet 2008
sur les presses de Marquis imprimeur
Montmagny, Québec.